U0083833

古典詩歌研究彙刊

第二十輯

龔鵬程 主編

第 5 冊

宋詞與蘇杭(下)

馬 俊 芬 著

國家圖書館出版品預行編目資料

宋詞與蘇杭（下）／馬俊芬 著 — 初版 — 新北市：花木蘭文
化出版社，2016〔民 105〕
目 6+194 面：17×24 公分
（古典詩歌研究彙刊 第二十輯；第 5 冊）
ISBN 978-986-404-826-7（精裝）
1. 宋詞 2. 詞論
820.91   105015100

ISBN-978-986-404-826-7

9 789864 048267

古典詩歌研究彙刊
第二十輯　第五冊   ISBN：978-986-404-826-7

宋詞與蘇杭（下）

作　　者　馬俊芬
主　　編　龔鵬程
總 編 輯　杜潔祥
副總編輯　楊嘉樂
編　　輯　許郁翎、王筑　美術編輯　陳逸婷
出　　版　花木蘭文化出版社
社　　長　高小娟
聯絡地址　235 新北市中和區中安街七二號十三樓
　　　　　電話：02-2923-1455／傳眞：02-2923-1452
網　　址　http://www.huamulan.tw 信箱 hml810518@gmail.com
印　　刷　普羅文化出版廣告事業
初　　版　2016 年 9 月
全書字數　229714 字
定　　價　第二十輯共 18 冊（精裝）新台幣 28,800 元
版權所有・請勿翻印

宋詞與蘇杭(下)

馬俊芬 著

目

次

52、張元幹（仕宦杭州，遊賞蘇州）

張元幹（1091～1161）字仲宗，號蘆川居士，又號眞隱山人，福州永福人，著有《蘆川歸來集》。《宋史翼》有傳。

宣和六年（1125）

還自閩中，訪李綱於無錫梁溪。

靖康二年（1127）

南下避亂，旋赴杭州，寓居西湖。

> 本集卷一有《丁未歲春過湖寶藏寺》
>
> 本集卷九《跋少游帖》：「建炎丁未，寓居西湖」。寶藏寺，一名寶藏院，據《西安淳臨安志》卷七七「長興元年吳越王建，有武肅王祠，及碑後有古井，俗名烏龍井」，故址在「方家（山谷）畔。」

建炎二年（1128）

避亂吳越。

建炎三年（1129）秋

遊太湖，作《水調歌頭·同徐師川泛太湖舟中作》

> 本集卷五，具體時間不詳，當在建炎二三年間。

紹興二十一年（1151）

坐作詞送胡銓追赴臨安大理寺，削籍除名。

> 《揮塵錄·後錄》卷一零載張元幹一詞送胡銓往新州後，「數年，秦檜始聞仲宗之詞。仲宗掛冠已久，以他事追赴大理消籍焉。」
>
> 《鶴林玉露》乙編卷三，《桯史》卷一二亦有記載。

夏天

出獄後作《水調歌頭·罷秩後漫興》抒憤，作於夏日之臨安西湖。

初秋

遊太湖，念及建炎三年與徐俯同遊太湖之事，以當時韻作《水調歌頭·追和》

紹興二十三年（1153）

遊蘇州虎丘，作《水調歌頭·癸酉虎丘中秋》

紹興二十五年（1155）

在杭州，與胡仔遊。

　　《苕溪漁隱叢話》前集卷五四記載：「……後三十年，於錢塘與仲宗同館穀。」

紹興二十六年（1156）

仍居臨安西湖。

紹興二十七年（1157）

遊吳江垂虹亭，作《水調歌頭·丁丑春與鍾離少翁、張元鑒登垂虹》。

　　《大清一統志》卷八六《蘇州府志》。

紹興二十八年（1158）

羈寓西湖之上，識周德友、張孝祥。

　　本集卷九《蘇養直詩帖跋尾六篇》謂大觀庚寅辛卯歲結社同遊的徐俯向子諲等九人「宰木久已拱矣，獨予華髮蒼顏，羈寓西湖之上，始及識德友……」。

紹興二十九年（1159）

再遊吳江垂虹亭《念奴嬌·己卯中秋和陳丈少卿韻》

紹興三十年（1160）

在蘇州。

　　本集卷四《上評獎陳侍郎十絕》序：「辛亥休官，忽忽二十九載，行年七十矣，日暮途遠，恐懼失墜，輒追憶平昔所得先生話言，裁爲十絕句。書以獻蘇州使君侍制公克肖。」

參考年譜：

王兆鵬《張元幹年譜》,《兩宋詞人年譜》南京出版社 1989 年版節編。

53、趙磻老（仕宦杭州,寓居蘇州）

趙磻老（？）,字渭師,東平人。居吳江,有《拙庵詞》,存詞 18 首。

> 王鏊《姑蘇志》卷五一：「趙磻老字渭師,東平人。居吳江黎里。孝宗朝以書狀官隨范成大奉使金國,成大薦之,擢正言。乾道八年,以右通直郎知楚州,入爲太府寺丞。復由兩浙轉運副使知臨安府,除秘書閣修撰,權工部侍郎。」

淳熙二年（1175）

趙磻老爲兩浙轉運副使。

> 《宋會要輯稿》方域二之二三：「淳熙二年十一月二十八日詔：『……臨安府守臣趙彥操、兩浙漕臣趙磻老各轉一官,減三年磨勘。』」

> 《宋史》卷九七《河渠志》所載：「淳熙二年,兩浙漕臣趙磻老言：『臨安府長安閘至許村巡檢司一帶,漕河淺澀,請出錢米,發兩岸人戶出力開濬。』」〔註39〕

淳熙三年（1176）

知臨安府。

> 《咸淳臨安志》卷五零：淳熙三年三月三日,趙磻老以「朝散郎、直秘閣、兩浙轉運副使除直敷文閣知。五年十一月初七日,磻老罷。」

> 《南宋制撫年表》：「淳熙三年三月三日,趙磻老以兩浙轉運副使知（臨安府）。五年十一月七日,磻老罷。」〔註40〕

〔註39〕【元】脫脫《宋史》,中華書局,1977 年,第 2400 頁。

〔註40〕吳廷燮《南宋制撫年表》,中華書局 1984 年,第 409 頁。

54、潘良貴（仕宦杭州）

潘良貴（1094～1150）字子賤，一字義榮，號默成居士，婺州金華人。《宋史》卷三百七十六，列傳第一百三十五本傳，《宋元學案》卷二五有傳。

紹興五年（1135）

轉秘書少監，到杭。

紹興六年（1136）

丁父憂，離杭。

紹興八年（1138）四月

拜中書舍人，回杭。

紹興九年（1139）四月

知明州，離杭。

參考年譜：

【明】宋濂編《潘舍人年譜》，清康熙三十六年黃珍刻本《潘默成公文集》。

55、陳康伯（仕宦蘇杭）

陳康伯（1097～1165），字長卿，信州弋陽人。有《陳文正公文集》三十卷，《宋史》卷三百八十四，列傳第一百四十三本傳。劉珙為撰《陳魯國文恭公神道碑》（《陳文正公文集》卷七）

宣和三年（1121）

進士及第，調平江府長洲主簿。

本年又改京畿轉運司屬官，後丁母憂，離蘇。

   按《神道碑》、《宋史》本傳。

建炎四年（1130）

遷校書郎，奉敕修《聖政實錄》、《經世大要》。

   《陳文正公文集》卷四《敕轉奉議郎劄子》。

紹興元年（1131）十一月

出通判衢州。

> 《建炎以來繫年要錄》卷四九：「（紹興元）十一月辛巳，承務郎、敕令所刪定官陳康伯通判衢州。」

> 又見《宋史》本傳。

紹興八年（1138）七月

以樞密院計議官充本院編修。

> 《建炎以來繫年要錄》卷一二一：「（紹興八）七月乙酉，樞密院計議官陳康伯充本院編修官」。

> 《神道碑》亦有記載。

紹興十五年（1145）

去年五月出使金國，本年再次出使金國。

五月

出知泉州。

> 《神道碑》、《宋史》本傳都有記載。

紹興二十六年（1146）

除吏部侍郎。

> 《神道碑》、《建炎以來繫年要錄》卷一七五

隆興二年（1184）8 月

判紹興府。

> 《宋史》本傳。

九月

詔陳康伯依舊醴泉觀使。十一月，拜左僕射、同中書門下平章事兼樞密使。

參考年譜：

羅國威《陳康伯年譜》，據《宋代文化研究》第三輯增訂。

56、揚無咎 （遊歷杭州）

揚無咎（1097～1171）字補之，號逃禪老人，又號清夷長者，漢揚雄之裔。事見《皇宋書錄》卷下、《圖繪寶鑒》卷四、《書史會要》卷六。

咸淳九年（1273）

曾到杭州。

> 周密《柳梢青·約略春痕》序：余生平愛梅，僅一再見逃禪真跡。癸酉冬，會疏清翁孤山下，出所藏雙清圖，奇悟入神，絕去筆墨畦徑。

詞作《謁金門·尋勝去》、《念奴嬌·湖山照影》、《念奴嬌·尋幽覽勝》均描摹杭州。

57、岳飛 （仕宦杭州）

岳飛（1103～1141），字鵬舉，湯陰人。岳飛本傳見於《宋史》卷三百六十五，列傳第一百二十四。

紹興三年（1133）七月

召赴行在，九月至行在。

紹興五年（1135）春二月

入覲。除鎮寧崇信軍節度使，充湖北襄陽府路制置使。

> 《宋史》本傳：「五年，入覲，封母國夫人；授飛鎮寧、崇信軍節度使，湖北路、荊襄潭州制置使，進封武昌郡開國侯；又除荊湖南北、襄陽路制置使，神武后軍都統制，命招捕楊麼。」

紹興六年（1136）二月

以都督行府議事至平江府，自陳去在所不遠，願一見天顏。

九日

得旨引見。

> 《宋史·高宗紀》：「戊申，岳飛入見。」

紹興七年（1137）春正月

入覲。

> 《宋史‧高宗紀五》：「庚子，遣王倫等使金國迎奉梓宮。岳飛入見。」

> 《宋史》本傳：「七年，入見，帝從容問曰：『卿得良馬否？』」

> 《宋史‧高宗紀五》：「六月辛卯朔……岳飛入見。」

紹興八年（1138）

入見。

> 《宋史》本傳：「八年，還軍鄂州。……秋，召赴行在，命詣資善堂見皇太子。」

紹興九年（1139）正月

奉詔入覲。

> 《宋史‧高宗紀六》：「壬辰，加岳飛、吳玠並開府儀同三司，楊沂中太尉。」

十月

> 《宋史‧高宗紀六》：「是月，岳飛入見。」

紹興十年（1140）

金人毀盟，岳飛出兵抗金。

秋七月

班師回杭。

> 《宋史》本傳：「飛既歸，所得州縣，旋復失之。飛力請解兵柄，不許，自廬入覲，帝問之，飛拜謝而已。」

紹興十一年（1141）七月

> 《宋史‧高宗六》：是月，命張俊復如鎮江措置軍務，留岳飛行在。

八月九日

《宋史‧高宗紀六》：「甲戌，罷岳飛。」

十月

召赴行在。

《宋史‧高宗紀六》：「辛巳，以王次翁兼權同知樞密院事。韓世忠、張俊、岳飛相繼入覲。」

《宋史‧高宗紀六》：下岳飛、張憲大理獄，命御史中丞何鑄、大理卿周三畏鞠之。

十二月廿九日

賜死於大理寺。

《宋史‧高宗紀六》：「癸巳，賜岳飛死於大理寺，斬其子雲及張憲於市，家屬徙廣南，官屬於鵬等論罪有差。」

參考年譜：

【宋】岳珂編，謝起岩改編，李春梅校點《忠文王紀事實錄》，中華書局 1986 年影印宋咸淳七年刻本。

58、虞允文（仕宦蘇杭）

虞允文（1110～1174），南宋隆州仁壽（今屬四川眉山市仁壽縣）人，字彬父，一作彬甫。楊萬里爲撰《虞公神道碑》（《誠齋集》卷一二○），《宋史》卷三八三，列傳第一百四十二本傳。

紹興二十四年（1154）

進士及第。權知渠州，後秦檜死，召偉秘書丞，累遷禮部郎官。

紹興二十八年（1159）

《建炎以來繫年要錄》卷一八零：「（紹興二十八）冬十月戊子，左承議郎虞允文爲秘書丞。允文知渠州，……沈該薦其才，召對。」

　　《夷堅甲志》卷一七《夢藥方》載：「虞並甫紹興二十八年自渠州守被召至臨安，憩北郭外接待院，因道中冒暑，得疾瀉痢連月。」

紹興三十一年（1161）

試中書舍人，兼權直學士院。

　　《建炎以來繫年要錄》卷一九零、一九二。

紹興三十二年（1162）

因反對和議，改知平江府。

　　《吳郡志·題名》卷一一：「虞允文顯謨閣直學士、左朝請大夫。隆興二年十月到，十一月赴召。」

　　《宋史》本傳：「……允文謂遇風則使戰船，無風則使戰艦，數少恐不足用。遂聚材鐵，改修馬船爲戰艦，且借之平江，命張深守滁河口，扼大江之沖，以苗定駐下蜀爲援。」

乾道元年（1165）

拜參知政事兼知樞密院事。

乾道三年（1167）二月

召至闕，除知樞密院事兼參知政事。

　　《宋史》本傳：「吳璘卒，議擇代，上諭允文曰：『吳璘既卒，汪應辰恐不習軍事，無以易卿。凡事不宜效張浚迂闊，軍前事，卿一一親臨之。』即拜資政殿大學士、四川宣撫使，尋詔依舊知樞密院事。歸蜀一月，召至闕，不數月復使蜀。」

乾道五年（1169）八月

拜右僕射、同中書門下平章事兼樞密使。

乾道六年（1170）

除福州，離杭州。

《宋史》本傳：「陳俊卿以奏留龔茂良忤上意，上震怒甚，俊卿待命浙江亭，兩日不報。允文請對，極論體貌之道，疊拜榻前，遂命判福州。」

59、王十朋（遊學並仕宦杭州，遊賞蘇州）

王十朋（1112～1171）字龜齡，號梅溪，溫州樂清人，本集《梅溪前後集》附錄《龍圖閣學士王公墓誌銘》，《宋史》卷三八七有傳。

紹興十五年（1145）

赴臨安補太學。

　　本集卷三有《寄夢齡昌齡弟》。

紹興十七年（1147）

漕試中選，赴太守鹿鳴宴。

　　前集卷三《赴鹿鳴宴次太守趙殿撰韻》。

十二月

赴臨安應試。

　　本集卷三《赴省治裝有感》。

紹興十八年（1148）

三月省試落第，四月歸家。

復還太學。

閏八月

自太學歸家。

　　《別太學同舍》。

紹興十九年（1149）八月

舟遊吳中，十四日過山陰。

　　本集卷四《前中秋一日舟過山陰晚稻方熟忽動鄉思呈先之》。

紹興二十年（1150）

丁母憂，歸家。

九月十二日

再赴臨安補太學。

　　　前集卷五《梅溪玩月》序「自乙丑冬如臨安赴補，逮
　　今凡五往矣。……」

紹興二十二年（1152）冬

赴補太學。

紹興二十三年（1153）八月

歸家。

紹興二十六年（1154）冬

赴臨安準備應試。

紹興二十七年（1157）

廷試第一。春日，遊杭州西湖。授左承事郎、僉書建康軍節度判官。

　　　《丁丑二月十一日集英殿賜》

紹興二十九年（1159）

秩滿，解官歸。

紹興三十年（1160）正月

除秘書省校書郎。

紹興三十一年（1161）七月初

因直言啓用張浚等，遭大臣忌憚去國，歸家。

　　　後集卷五有《贈明仲》、《贈諸公》、《題西岑》等詩。

十月

召對。

　　　《宋史》卷三七八本傳。

十月

除兼國史院編修，又兼崇政殿說書。後屢有改官，仍居朝

隆興元年（1163）六月十九日

罷職歸家。

> 後集卷七有《去國》詩。

隆興二年（1164）七月

除知饒州，離杭。

乾道三年（1167）九月一日

至臨安。

九日

遊佛閣，北望家鄉，賦詩。召對。

> 有《除知湖州上殿箚子》。

十三日

離開臨安。

> 後集卷一六有《離仙林》詩。

乾道七年（1171）三月

陳良翰除太子詹事，詔旨敦趣。以龍圖閣學士致仕。

> 《除太子詹事賜衣帶謝表》。

召對上殿，上《除太子詹事上殿箚子》。

紹興三十年（1160）正月二日

除秘書郎。

九月

赴行在。除司封員外郎，兼國史院編修。

七月

薨於杭州。

參考年譜：

李文澤編《王十朋詩文繫年》，據《宋代文化研究》第五輯。

【清】徐炯文編，李文澤校點《梅溪王忠文公年譜》，道光十三年王氏刻王忠文集卷首。

60、洪適（仕宦蘇杭）

洪適（1117～1184），初名洪造，字溫伯，一字景溫。後改今名，字景伯，號盤州，潘陽人，洪皓長子，有《盤舟集》八十卷。本集附錄許及之撰《洪公行狀》，《宋史》卷三七三本傳。

紹興十二年（1142）

與文安公同試博學宏詞科，皆中。除左宣教郎、敕令所刪定官。

　　　《盤舟集》卷五十二《謝試中詞學啓》。

紹興十三年（1143）六月

洪皓自金還，出知饒州，公以奉親自列，添差通判台州軍事。

　　　《盤舟集》卷六十二《題輶軒唱酬集》。

紹興三十一年（1161）二月二十九日

除提舉浙西常平茶鹽。初四到任，會文安公於平江府。以嫌改除提舉江東路常平茶鹽。

　　　《吳郡志》提舉常平茶鹽司：「左朝請郎洪適，六日改除江東提舉常平茶鹽公事。」

隆興二年（1164）二月

自淮東召還，除太常少卿，回到杭州。

　　　沈該《翰苑題名》：「洪適，隆興二年四月一太常少卿兼權直院，九月除中書舍人，閏十一月，兼直院。」

　　　《盤舟集》卷三十八有《謝中書舍人表》、《謝宣召入學士院表》。是年，公出使金國。

　　　《宋史孝宗本紀》：「隆興二年十二月丙申，遣洪適等賀金主生辰。乾道元年三月還。」

乾道二年（1166）三月

三上章乞退。辛未，除觀文殿學士提舉江州太平興國宮。

七月十八日

以觀文殿學士左通奉大夫知紹興府、浙東安撫使。

> 《容齋三筆》「文惠公罷相起帥浙東」，另《謝生日詩詞啓》有記。

乾道四年（1168）三月

以觀文殿學士提舉臨安洞霄宮，自是家居者十有六年，始得別墅於城陰，築臺觀，藝花竹。

參考文獻：

錢大昕撰寫，洪汝奎增訂，張尙英校點《洪文惠年譜》，宣統八年晦木齋刊《四洪年譜》。

61、趙彥端（仕宦杭州）

趙彥瑞（1121～1175），字德莊，號介庵，宋宗室。高宗紹興八年（1138）進士，調建州觀察推官。紹興十二年（1142）爲左修職郎，錢塘縣主簿。後爲太常少卿。事見《南澗甲乙稿》卷二一《直寶文閣趙公墓誌銘》。

紹興十二年（1142）

> 《直寶文閣趙公墓誌銘》：「德莊……主臨安府錢塘縣簿，公卿貴人爭識之，聲名籍甚。爲建州觀察推官。」〔註41〕

紹興十四年（1144）

建州觀察推官。

> 《南澗甲乙稿》卷十八《祭趙德莊文》曰：「憶相遇於建水之濱，歲行甲子與乙丑也。」〔註42〕「甲子」、「乙丑」即紹興十四年、十五年也。

〔註41〕 【宋】韓元吉《南澗甲乙稿》叢書集成初編本，1936年，第247頁。
〔註42〕 【宋】韓元吉《南澗甲乙稿》叢書集成初編本，1936年，第367頁。

62、洪邁（遊學並仕宦杭州）

洪邁（1123～1202），字景盧，號容齋，鄱陽人。《宋史》卷三七三本傳。

紹興十二年（1142）

寓南山淨慈院待博學宏詞科試。

> 《容齋隨筆》卷四：「紹興十二年壬戌，予寓南山淨慈，待詞科試。」

紹興十三年（1143）

洪皓自金還，至臨安。

紹興十五年（1145）

再至臨安。寓三橋西沈亮功主簿之館。試博學宏詞科選，名第三。

> 《夷堅志》：「紹興十五年三月十五日，予在臨安試詞科第三場畢。出院時尚早，同試者何善伯明、徐搏升甫相遊市。」

場畢後與友人遊玩，明倡孫小九提議填詞。作《臨江仙‧綺席留歡歡正洽》。

紹興二十八年（1158）

與文安公洪遵同被召。公除秘書省校書郎。

> 《忠宣公諡告碑記》云：「正月辛巳，被召赴行在。二月乙未，又召弟邁。」

紹興二十九年（1159）四月

兼國史院編修。

> 《容齋三筆》卷十三。

八月

除吏部員外郎。

> 《容齋續筆》卷二。

紹興三十年（1160）三月

改禮部員外郎，充省試參詳官，主司委出詞科題。

《容齋五筆》卷八

紹興三十二年（1162）正月

金遣使議和，公以左司員外郎借左朝議大夫，試尚書禮部侍郎充接伴使。因接金使，被殿中侍御史張震論奉使辱命而罷官。

《鶴林玉露》有太學生嘲諷公詞：「洪邁被拘留，垂哀告彼猷（去犬）七日忍饑猶不耐，堪羞。蘇武曾經十九秋。厥父既無謀，厥子安能解國憂。萬里歸來誇舌辯，村牛。好擺頭時不擺頭。」

《詞林紀事》卷十八亦載。

隆興元年（1163）五月

自翰林學士承旨除同知樞密院事。

乾道二年（1166）

除知吉州，過闕奏事。未到任，九月召還，入對，除起居舍人。

沈該《翰苑題名》：「洪邁，乾道二年十月，以起居舍人兼權直院。」

乾道三年（11167）正月二十七日

對於選德殿。

（此年，屢有召對）

乾道六年（1170）

除知贛州。

《容齋三筆》卷十六。

淳熙八年（1181）春

為辛棄疾稼軒作記《稼軒記》。此年在南昌，不在行在。稼軒有《滿庭芳·曾是金鑾舊客》為謝。

淳熙十二年（1185）

是春召對，除提舉祐神觀兼侍讀。

《容齋三筆》卷十四，「官會折閱條」云：「淳熙十二年，邁自婺召還，兼臨安揭小帖，以七百五十錢兌一楮，因入對言之」。

淳熙十三年（1186）

張功甫小圃玉照堂梅開，呈詞《滿江紅・玉照梅開》致意。

黃昇《中興以來絕妙詞選》卷三。

淳熙十五年（1188）九月十七日

因高宗配享之事和楊萬里不相同，乞去，改除知太平府。

紹熙元年（1190）二月

進煥章閣學士，依前宣奉大夫知紹興府、兩浙東路安撫使、魏郡公。除提舉隆興府玉隆萬壽宮。

紹熙二年（1191）

歸潘陽。

嘉泰二年（1202）

以端明殿學士致仕，未幾卒。

參考年譜：

錢大昕編，洪汝奎增訂，張尙英校點《洪文敏公年譜》，宣統元年晦木齋刊《四洪年譜》。

王德毅編《洪容齋先生年譜》，《幼獅學報》第三卷第二期。

63、陸游（仕宦杭州，遊賞蘇州）

陸游（1125～1210）字務觀，自號放翁，山陰人。《宋史》卷三九五有傳。

紹興二十三年（1153）

兩浙轉運司鎖廳試第一，以秦檜孫塤居其次，抑置為末。

紹興二十四年（1154）

禮部試，主司復置前列，為檜黜落。

　　　　　　清乾隆《寧德縣志》卷三。

紹興二十七年（1157）

陸游作《雲門壽聖院記》，尚無官位，書「吳郡陸某記」。

紹興三十年（1160）

以薦者除敕令所刪定官，遷大理司直，兼宗正簿。至行在。

　　　　《祭周益公文》云：「紹興庚辰，予始至行在，與益公
　　相遇，遂定交。」

　　　　《建炎以來繫年要錄》卷一八五亦有記載。

紹興三十一年（1161）

在敕令所，遷樞密院編修官。

　　　　《宋史》本傳。

　　　　《宋會要輯稿》選舉九之一九均有記。

紹興三十二年（1162）

自敕令所罷歸。

　　　　朱熹《朱子文集》卷七十八《復齋記》。

乾道二年（1166）七月

自鎮江移官豫章時到吳城（蘇州）

　　　　《劍南詩稿》卷二《夜聞松聲有感》「舟行星子縣，半
　　日至吳城」。

淳熙十五年（1188）七月

除軍器少監，入都。

　　　　《宋史》本傳。

　　　　《宋會要輯稿》職官七二之五四均有記。

淳熙十六年（1189）冬

以口語被斥歸。

十年間兩坐罷歸，皆以詩，謂以嘲詠風月。遂作《風
月軒自記》。

紹熙元年（1190）

以後皆家居。

嘉泰二年（1202）

詔修國史，入都。

《自嘲》詩「予仕宦幾五十年……」。

嘉泰三年（1203）四月

修史成，進御。是夕，宿道山堂之東直舍。上章致仕，不允。固
辭，乃授太中大夫，仍前寶謨閣侍制、提舉江州太平興國宮。

五月初

東歸。

自記「壬戌六月十四日入都，癸亥五月十四日去國，
中間有閏月，蓋相距正一年矣。」

參考年譜：

【清】趙翼編，尹波校點《陸放翁年譜》，《甌北詩話》卷七。

64、范成大（祖籍蘇州，仕宦杭州）

范成大（1126～1193），字致能，一作至能，號石湖居士，吳縣
人。周必大爲撰《資政殿大學士贈銀青光祿大夫范公成大神道碑》（《周
文忠公集》卷六一），《宋史》卷三八六有傳。

世居蘇州。

紹興二十五年（1155）正月

湯鵬舉知平江府，與范成大唱和。

十二月

除徽州司戶參軍。

　　《石湖詩集》三十四卷《荔枝賦》序有記。

紹興三十年（1160）冬

任滿回到蘇州。

紹興三十一年（1161）五月

洪遵守吳郡。

八月

洪遵修思賢堂，請先生爲之記。

　　《吳郡志》卷六有記：「思賢堂，舊名思賢亭，以祠韋
應物、白居易、劉禹錫，後改曰三賢堂。紹興二十八年，
郡守蔣璨建。三十二年，郡守洪遵又益以王仲舒及范文正
公二像，更名思賢」，後附公之《思賢堂記》。

紹興三十二年（1162）

是歲赴臨安就任戶曹新職，此後一直在臨安。

乾道二年（1166）三月四日

以言者論列放罷。

　　《神道碑》有記載。七月七日，與王萬（必大）等人
同登姑蘇臺。

　　《石湖詩集》卷十有詩《丙戌閏七月九日與王必大登
姑蘇臺避暑》。

乾道四年（1168）五月十三日

進對，論諸州軍隊檢閱不精、營伍未立。

　　《宋會要輯稿》兵六之二零。

　　《神道碑》亦有記。

八月

抵處州任。

> 按《神道碑》。

乾道五年（1169）五月

自處州被召還臨安，除禮部員外郎兼國史院編修官又兼實錄院檢討官。

> 《南宋館閣錄》卷八。

乾道六年（1170）六月

出使金國。

十月

還，是月，除中書舍人，兼國史院同修國史及實錄院同修撰。

> 《桯史》卷四「乾道受書禮」條。
>
> 《兩朝中興聖政》卷四八。

乾道七年（1171）八月

知靜江府。既得外放之命，先歸故里。

> 崔敦煌《宮教集》卷八。

自先生歸吳中，築別墅於吳縣西南十二里，名曰石湖。

> 盧熊《蘇州府志》卷七：「石湖在吳縣西南十二里，蓋太湖之一派，范蠡所從入五湖者，參政范成大勢高下而爲亭榭，植以名花，而梅爲獨盛，別築農圃堂，對楞伽寺，下臨石湖，孝宗御賜石湖二大字……又有北山堂、千巖觀、天鏡閣、玉雪坡、錦繡坡、說虎軒、夢漁軒、綺川亭、越來城等處，以天鏡閣爲第一。一時名人皆爲文詞以侈之。」

乾道八年（1172）三月一日

周必大和其兄周必達過蘇州，先生招飲於石湖。

> 周必大《南歸錄》記載此次相會：「乾道壬辰三月己巳朔，……與吳縣尉徐似道相見於津亭，既退，易舟徑赴范至能石湖之招。過橫塘，入般若院……風橫而逆，薄暮方

至。初吳築姑蘇前後兩臺，相聚半里，爲城三重，遺基儼然，夫差與西施宴遊之地也。前有溪，越王句踐以此攻吳，今號越來溪。溪上築城，與吳人來溪相持。至能之園，因城基搞下而爲亭榭，所植多名花，別築農圃堂，對楞伽山，下臨石湖。蓋太湖之派，范蠡所從入五湖者。望吳江縣才二三十里。飲酒至夜分，留題壁間，云：『吳臺越壘距盤門才十里，而陸沉於荒煙野草者千七百年，紫薇舍人始創別墅，登臨之勝，甲於東南，豈軒夷子成功於此，扁舟去之，天閟絕景，須苗裔之賢者然後享其樂耶？』先生觀畢愧謝，說『公言重，何乃輕許與如此！』必大說：『吾行四方，見園池多矣，如茅林盤園尚乏其趣，非甲而何？』」。

《永樂大典》卷二二六六「石湖」條引《龔氏紀聞》：「范公文章政事，震耀一時，其地爲人愛重，石湖西南一帶盡佳山水，作園於其間頗眾，往往極侈麗之觀，春時士大夫遊賞者，獨以不到此爲恨，猶洛中諸園必以獨樂爲重耳！按石湖之名前此未甚傳著，實自范文穆公始。由是繪圖以傳。」

崔敦禮有《石湖賦》極言石湖景物之壯麗，並述先生之志趣。

三十日

周必大歸，范成大公與張拭等置酒餞行。

周必大《南歸錄》：「張漢卿摧家置酒相餞，外舅仲賢夫婦，唐致遠夫婦畢集，范至能亦來。」

十二月七日

離吳郡赴廣西。

《驂鸞錄》：「石湖居士以乾道壬辰十二月七日發吳郡，帥廣西，泊船姑蘇館。」

淳熙元年（1174）十二月九日

改管內畿成都路制置使，與桂林百姓道別。

淳熙二年（1175）六月

抵達成都。

淳熙四年（1177）五月

離開成都東歸。

十月

歸吳門。

> 《吳船錄》。

是月

入朝，上《論蜀兵貧乏箚子》。

> 《永樂大典》卷八四一三。

淳熙五年（1178）七月

歸吳郡。

> 《神道碑》記載本年九月，孝宗派使者來吳郡傳詔慰
> 問並贈物許多。

十月一日

與范成象，以及友人張元直等人遊太湖，題名包山陽谷洞。

> 《石湖詩集》卷二十六《再贈壽老》自注其事。

淳熙六年（1179）

居鄉里，泛舟石湖，或懷昔遊，或約親友，縱情山水間，與人贈
答酬唱。

> 《石湖詩集》卷二十有本年詩作。

淳熙七年（1180）二月初七

代皇子魏王知明州。

> 《崔舍人玉堂類稿》卷十。

淳熙八年（1181）閏三月十四日

入朝奏事。孝宗賜以「石湖」二大字。

《神道碑》記載此事甚詳。

范成大有《跋御書石湖下方》一文記其事。

四月十三日

到建康任。

　　《景定建康志》卷一四：「成大開府金陵，適歲旱，招
徠商賈……」。

　　《黃氏日鈔》卷六七：「公時帥江東，當淳熙辛
丑……」。

淳熙十年（1183）

除資政殿學士，提舉臨安洞霄宮，歸蘇州。

淳熙十三年（1186）

王希呂知平江府，先生常與會飲。

　　《朝野雜記》甲集十七「公使庫」條：「淳熙中，王仲
行尚書爲平江守，與祠官范至能、胡長文厚，一飲之費，
率至千餘緡。」

淳熙十四年（1187）三月後

姜夔遊杭州，拜謁楊萬里，楊萬里以詩送，往吳郡拜謁范成大。

　　楊萬里《誠齋集》卷二二《送姜夔堯章謁石湖先生》，
姜夔《白石道人詩集》有《次韻誠齋送僕往見石湖》。

是夏

姜夔來吳郡晉謁，呈《石湖仙》長句以壽先生。

　　《白石道人歌曲》卷四：「松江煙浦。是千古三高，遊
衍佳處。須信石湖仙，似鴟夷、翩然引去。……」。

淳熙十五年（1188）十一月

起知福州，十二月入朝。

　　《神道碑》記載：「十六年十一月起知福州，引疾固辭，
詔令奏事，又辭。上先遣醫官張廣歸傳旨灼艾，既對，勞
公曰：『……』，袖丹藥以賜。」

淳熙十六年（1189）正月

開赴福州府。二月，光宗即位，先生在赴閩途中以腹疾力請奉祠。

　　　　《宋宰輔編年錄》卷一八、《神道碑》有記。

紹熙元年（1190）二月十五日

在吳郡，以所居之園圃名范村，作《范村記》。

二月十五日

隆興元年同年會於姑蘇臺，撰《姑蘇同年會詩序》。

　　　　盧熊《蘇州府志》卷一三八。

紹熙二年（1191）十二月

姜夔載雪訪先生

　　　　《白石道人歌曲》卷四《暗香詞序》，先生以青衣小紅贈。

　　　　《硯北雜誌》記載：「小紅，順陽公青衣也，有色藝。
　　順陽公請老，姜堯章詣之。一日，授簡徵新聲，堯章制《暗
　　香》、《疏影》二曲，公尋以小紅贈之。」

紹熙三年壬子（1192）

詔知太平州，屢辭不允。到任後數日，因女亡而毫無遊宦之心，
遂請致仕，復得洞霄宮歸里。

紹熙四年（1193）九月五日

卒於蘇州，封吳國公。

　　　　《神道碑》有記。

十二月十三日

葬吳縣至德鄉天平山上。

紹熙五年（1194）六月

楊萬里長子長孺跋先生詞。

　　　　載《永樂大典》卷二二六六。

參考年譜：

王德毅《范石湖先生年譜》，《文史哲學報》第十八期。

孔凡禮《范成大年譜》，齊魯書社，1985 年版。

於北山《范成大年譜》上海古籍出版社，2006 年版。

65、陳三聘（祖籍蘇州）

陳三聘，字夢致，東吳人。生卒年均不詳，約宋高宗紹興末前後在世。生平事跡無考。工詞，有《和石湖詞》一卷（《彊村叢書》本）傳於世。

作於杭州的詞作：

《滿江紅·冬至》、《滿江紅·雨後攜家遊西湖，荷花盛開》、《滿江紅·天豈無情》、《滿江紅·斜日熔金》、《浣溪沙·越浦潮來信息通》、《浣溪沙·元夕後三日王文明席上》、《浣溪沙·草堂春過一分餘》、《浣溪沙·秋山橫截半湖光》等。

作於蘇州的詞作：

《千秋歲·重到桃花塢》、《朝中措·丙午立春大雪，是歲十二月九日丑時立春》、《浣溪沙·去年曾醉杏花坊》、《蝶戀花·闐闔城西山四面》、《念奴嬌·和徐尉遊石湖》等。

66、周必大（生於蘇州，仕宦杭州）

周必大（1126～1204），字子充，一字洪道，晚年自號太平園老叟。廬陵人。

靖康元年（1126）七月十五日

公之外王給事靚知平江府，皇考秦國公偕皇妣秦國夫人隨侍，公生於府治。

建炎三年（1129）

車駕在維揚，大父秩滿入覲，秦國公一家隨侍，離蘇。

紹興二十三年（1153）

公親迎接於平江崑山。

紹興二十四年（1154）

改差監行在太平和劑局門，壬寅到任，寓漾沙坑。

紹興二十六年（1156）六月己亥

因火災離開杭州。

紹興二十七年（1157）

公中博學宏詞科，差充建康府府學教授。二十八年二月到任。

紹興三十年（1160）二月

除太學錄。

> 製詞：左修職郎周必大：右可特授依前左修職郎、太
> 學錄，填見闕。（葉謙亨行）

隆興元年（1163）五月

到寧都，六月到吉。

乾道元年（1165）六月

磨勘轉左丞議郎。

十一月

再任台州崇道觀。

乾道六年（1170）閏五月

抵崑山。六月到杭。

七月壬辰

對於後殿。丙辰，除秘書少監，兼權直學士院。

> 製詞「敕左朝奉議郎周必大：士之致遠，器識爲先，
> 古有格言，朕常三覆……」（鄭聞行）

乾道八年（1172）六月

至吉州。

淳熙元年（1174）

磨勘轉朝請郎。

十二月

召赴行在。

二年三月

入國門。

淳熙十六年（1189）

第六次乞外任，連上四奏摺，判潭州。第七次辭免，降詔不得再有提請。

慶元元年致仕。

參考年譜：

【宋】周綸編，刁忠民校點，傅增湘校訂《周益國文忠公年譜》《廬陵周益國文忠公集》卷首。

67、尤袤（遊學並仕宦杭州）

尤袤（1127～1194），字延之，號梁溪，又號遂初，無錫人。《宋史》卷三八九本傳。

紹興十六年（1146）

入太學，以詞賦魁多士。

《宋史・高宗本紀》：「紹興十六年春正月戊子，增太學外舍生額至千人。」

《無錫志》卷三上：尤袤「弱冠入太學，魁監省」，本傳：「以詞賦冠多士，尋冠南宮。」

紹興十八年（1148）

應舉。進士及第第三甲第三十七名。

　　　《紹興十八年同年小錄》。

紹興三十一年（1161）

知泰興縣，離杭州。

　　　《光緒泰興縣志》卷一六：「紹興三十一年尤袤。」

　　　《三朝北盟會編》卷二四零。

乾道六年（1170）

除大宗正丞。

　　　《宋史》本傳：「大宗正闕丞，人爭求之。陳俊卿曰：

　　『當予不求者』。遂除袤。」

乾道七年（1171）五月

除秘書丞。結識楊萬里。

　　　《南宋館閣續錄》卷七。

乾道八年（1172）

參與點檢試卷。

乾道九年（1173）

以著作郎兼太子侍讀。

十月

除知吉州，離杭。

十一月

專差為太子庶子講《禮記》。

淳熙元年（1174）

在東宮講《禮記》

淳熙二年（1175）

在東宮講經。

十月三日

以承議郎知台州。

《嘉定赤城志》卷九。

淳熙五年（1178）

提舉淮南東路常平。

楊萬里《誠齋集》卷七八《益齋藏書目序》。

秋天

始識陸游於杭州。

陸游《劍南文集》卷一四之《尤延之尚書哀辭》：「余自梁益歸吳兮，愴故人之莫逢。後生成市兮，摘裂剽掠以為工。遇尤公於都城兮，文氣如虹。」此年，陸游秋天至杭州，孝宗召對，除提舉福建路常平茶事。（見後面陸游行蹤，從無錫到杭，非任職杭州。）

淳熙十年（1183）

應詔上對事，論救荒之策。

《宋史》本傳、《文獻通考》卷二六。

十月三日

以吏部員外郎兼太子侍讀。

《東宮官僚提名》、《宋史》本傳均有記。

淳熙十三年（1186）三月

與楊萬里、陸游、沈虞卿於張氏北園賞海棠。

《誠齋集》卷一九。

淳熙十四年（1187）三月

遷太子左諭德，除太常少卿。

按《宋中興東宮官僚題名》。

同楊萬里等遊西湖。

《誠齋集》卷二二《上巳同沈虞卿尤延之王順伯林景思遊湖上得十絕句呈同社》。

九月十日

同楊萬里至南山觀靜慈心店。

　　《誠齋集》卷二三《九月十日同尤延之觀靜慈新殿》

與楊萬里同遊靈芝寺。

　　《誠齋集》卷二三《劉寺展繡亭上，與尤延之久待京仲遠不至，再相待於靈芝寺》

淳熙十六年（1189）六月二十二日

罷權禮部侍郎，歸里。

　　《宋史》本傳、《宋中興東宮官僚題名》均有記載。

十一月

姜夔訪尤袤於無錫。

　　《白石道人詩集自序》：「近過梁溪，見尤延之先生。……先生因爲余言：『近世人士喜宗江西，溫潤有如范至能乎？痛快有如楊廷秀乎？高古如蕭東夫，俊逸如陸務觀，是皆自出機杼，宣有可觀者，又奚以江西爲？』」

　　陳思《白石先生年譜》謂姜夔見先生於是年秋天。

紹熙三年（1193）

除煥章閣侍制，召爲給事中回杭，三月十二日以給事中兼侍講

　　《宋會要輯稿》職官六之七：「詔給事中尤袤、侍御史林大中併兼侍講」。

　　《本傳》云：「兼侍講，入對，言：『願上謹天戒，下畏物情，保毓太和……』」。

紹熙五年（1195）

卒。

參考年譜：

吳洪澤編《尤袤年譜》，據《宋代文化研究》第三輯增訂。

68、楊萬里（仕宦杭州）

楊萬里（1127～1206），字廷秀，號誠齋，吉州吉水人。《宋史》卷四三三本傳

紹興二十一年（1151）
赴杭舉於禮部，聞罷。

紹興二十四年（1154）
中進士丙科。

隆興元年（1163）冬
到杭州引見。
《誠齋集》卷七一《玉立齋記》。

隆興二年（1164）正月
回家。

乾道三年（1167）春
遊都下，見虞允文。秋天，還家。

乾道六年（1170）
召爲國子博士注遷太常博士
本集卷一三三《國子博士告詞》

淳熙元年（1174）
出知漳州。
《得臨漳陛辭箚子》卷二。

淳熙十一年（1184）十一月
授吏部員外郎。
《上殿箚子》卷三。

淳熙十五年（1188）四月
因永思陵配享之事忤旨，出知筠州。七月到任。

淳熙十六年（1189）

再復直秘閣。六月五日，授朝議大夫，九月十二日，入修門回杭。

　　　　張鎡《南湖集序》。

紹熙三年（1192）

除知贛州，不就，回里。

直至開禧二年（1206）卒，再未回杭。

參考年譜：

　　【清】鄒樹榮編，劉德清校點《楊文節公年譜》，南昌鄒氏一粟園叢書。

69、朱熹（應試並仕宦杭州）

　　朱熹（1130～1200），字元晦，一字仲晦，號晦庵、晦翁、考亭先生、雲谷老人、滄洲病叟、遯翁，祖籍徽州婺源（今屬江西），生於南劍州尤溪（今屬福建）。事見《勉齋集》卷三六《文公朱先生行狀》，《宋史》卷四二九本傳。

紹興十八年（1148）春

赴杭考試，登王佐榜進士。

紹興二十一年（1151）

銓試中等，授左迪功郎泉州同安縣主簿。

隆興元年（1163）十月

至行在，辛巳，入對垂拱殿。

十一月

除武學博士，拜命遂歸。離杭。

淳熙八年（1181）閏三月

東歸。十一月，奏事延和殿。後赴浙東常平茶鹽。

淳熙十五年（1188）

正月趣入對。六月壬申，奏事延和殿。後，提刑江西。七月，除直寶文閣，主管西京崇福宮。十一月，趣入對，遂上對事。

淳熙十六年（1189）十一月

除知漳州，離開杭州。

紹熙五年（1194）十月

朔次日入國門。越日，奏事行宮便殿。

十一月

還考亭。

紹熙六年（1195）三月

甲子卒。

參考年譜：

李方子編，佚名補注，尹波校點《朱子年譜》，明刻本。

70、韓彥古（仕宦蘇杭）

韓彥古（？～1192），字子師，延安人。韓世忠幼子。

隆興七年（1171）

權知臨安府。

淳熙元年（1174）

敷文閣待制知平江府，落職放罷。

　　《吳郡志》卷一一《牧守題名》：「紹熙三年（1192）卒。韓彥古朝奉大夫、秘閣修撰。淳熙元年七月到，當年九月二十六日，丁母薊國夫人周氏憂，解官持服。起復朝奉大夫，充秘閣修撰。淳熙二年正月到。六月，除敷文閣待制，八月罷。」

紹熙四年（1177）

戶部侍郎。

紹熙五年（1178）

戶部尚書，送臨江軍居住。

《建炎以來繫年要錄》職官七二之五。

71、張孝祥（仕宦蘇杭）

張孝祥（1132～1169），字安國，號於湖居士，歷陽烏江人。事見《于湖集》附錄《宣城張氏信譜傳》，《宋史》卷三八九本傳。

紹興二十三年（1153）

赴行在侯明年廷試，與從弟孝伯會於臨安。

紹興二十四年（1154）三月二十二日

高宗親擢張孝祥爲廷試第一！

《宋史‧高宗紀》：「紹興二十四年三月乙亥，賜禮部進士張孝祥一下三百五十六人及第出身。」

《南宋館閣錄》卷八：「張孝祥字安國，歷陽人，進士出身，治詩賦」《建炎以來繫年要錄》卷一六六對此事記殿試始末甚詳。

四月十五日

授左承事郎簽書鎮東軍節度判官廳公事。

《宋會要輯稿‧選舉》二之一八：「紹興二十四年四月十五日，詔以及第進士第一人張孝祥爲左承事郎、簽書鎮東軍節度判官廳公事。」

紹興二十六年（1156）正月

到秘書省任。

《建炎以來繫年要錄》卷一七零：「丙子，左承事郎張孝祥爲秘書省正字。」

陳騤《南宋館閣錄》卷八：「秘書省正字，紹興以來……
張孝祥，二十六年正月除。」

紹興二十七年（1157）

與韓元吉、王質、林之奇、郭世模交遊，韓元吉《永遇樂·爲張
安國賦》寫於此時。

《雪山集》卷五《于湖集序》：「歲丁丑，某始從公於
臨安。……」

紹興二十九年（1159）

春，與王明清諸友遊西湖。

《玉照新志》卷四：「紹興乙卯，張安國爲右史，明清
與仲信、左帑舉善、郭世模從范、李大正正之、李泳子永
多館於安國家。春日，諸友同遊西湖。……」

八月

因侍御史汪澈彈劾，罷中書舍人，既而提舉江州太平興國宮，離
杭。

《建炎以來繫年要錄》卷一八三：「八月壬子朔，殿中
侍御史汪澈言：『中書舍人張孝祥，輕躁縱橫……』詔孝祥
與外任……既而孝祥乞宮觀，乃以孝祥提舉江州太平興國
宮。」

本階段在杭州作品：

《鷓鴣天·日日青樓醉夢中》、《清平樂·光陰撲撲》、《多麗·景
蕭疏》《虞美人·代季弟壽老人》、《虞美人·畫得遊戲夜得眠》、《鷓
鴣天·雪花一尺江南北》、《水調歌頭·雪洗虜塵淨》、《水調歌頭·淮
楚襟帶地》。

隆興元年（1163）

授集英殿修撰，知平江府。五月到平江府。

按《宋史》本傳。

考辯：

李一飛編《張孝祥事跡著作繫年》認爲張孝祥到蘇州任是在六月，辛更儒《於湖先生年譜》考證在本年五月。按范成大《吳郡志・牧守題名》卷一一：「張孝祥左承議郎，充集英殿修撰。隆興元年五月到，二年二月赴召。」今從辛說。

爲飛虹亭橋書扁。

> 《蘇州府志》卷四六：「滄浪亭在郡學之南，積水彌數十畝，旁有四山，高下曲折，與水相映帶。……慶曆間蘇舜欽子美得傍水作亭曰滄浪亭。……建炎狄難，歸韓蘄王家。韓氏作橋梁山之上，名曰飛虹，張安國書扁。」

> 《吳郡志》卷一一《郡守題名》：「張孝祥，左承議郎充集英殿修撰，隆興元年五月到。」

在平江府，捕治不法豪富。

> 按《宋史》本傳。

奏請免或擱置兩浙州郡三等以下戶所欠科稅。

> 《于湖集》卷一七《乞不催兩浙積欠箚子》，奏請除治吳民去稅產存之弊。

> 《宋會要輯稿・食貨》六一之六六有記。

在蘇州作有《蝶戀花・恰到杏花紅一樹》、《水調歌頭・艤舟太湖岸》。

隆興二年（1164）初春

召赴行在，到杭。

> 《吳郡志》卷一一《牧守題名》：「張孝祥……（隆興）二年二月赴召。」

後張浚舉薦赴建康，往兩浙措置軍事。

> 《淳祐臨安志》卷五：「講易堂在府治之東，紹興市六年府尹張澄建，張俔名爲吏隱堂。隆興元年陳輝改今名，中樞攝人張孝祥書，左朝請大夫萬立方撰記。」

本階段在杭州作有《六州歌頭・長淮望斷》，爲臨安講易堂書扁。

本年，楊萬里來會。

> 《誠齋集》卷一《謁張安國》。

三月

罷參贊軍事。除敷文閣待制，依舊知建康府。

> 《宋會要輯稿‧選舉》三四之一四：「隆興二年三月一
> 日。詔中樞攝人直學士院知建康府張孝祥罷參贊軍事，除
> 敷文閣待制，依舊知建康府。」

九月

> 遭彈劾歸蕪湖。

參考年譜：

辛更儒《張孝祥於湖先生年譜》，五南圖書出版股份有限公司，
2003 年版

72、張栻（仕宦杭州，寓居蘇州）

張栻（1133～1180），字敬夫，一字欽夫，號南軒，又號葵軒，
祖籍綿竹。《宋史》卷四二九本傳。

紹興三十二年（1162）十一月

應召赴行在奏事。

> 張浚《行狀》云：「（紹興三十二）十一月，有旨召宣
> 撫判官陳俊卿及公子栻赴行在。」

隆興元年（1163）九月

被召見。入見，奏盧仲賢辱國無狀，公引見德壽宮。

> 張浚《行狀》：「栻復被旨令入奏，公命栻奏仲賢辱國
> 無狀……」。

公見孝宗於東華門。孝宗與論人才，公論奏久之。

> 《鶴林玉露‧南軒辨梅溪語》記述甚詳。

隆興二年（1164）八月

侍父清音堂，二十八日起丁父憂，離杭。

乾道五年（1169）十二月

陛辭，公連論奏。

> 《神道碑》：「（隆興元）後六年，始以補郡臨遣，得復見上。」

稍作停留，後知嚴州。

> 《嚴州圖經・賢牧題名》記張栻，稱乾道五年十二月二十九日以右承務郎、直秘閣權發遣。

乾道六年（1170）

五月召為尚書吏部員外郎。閏月五月十七日赴召。是月，廷對。六月，入見，連次論奏。

> 《東萊呂公太史文集》附錄《年譜》：「五月，除太學博士。公之召也，張公亦自嚴陵召歸為郎。」
>
> 《嚴州圖經・賢牧題名》記張栻稱「簽到六年五月是七日，赴召。」

乾道七年（1171）

六月十三日出公知袁州，十四日出都過吳興，七月，寓蘇州。

> 《神道碑》：「明年（乾道七），乃出公知袁州。」本集《跋西銘》：「辛卯孟秋，寓姑蘇。」

淳熙七年（1172）二月

卒。

參考年譜：

胡宗楙編，李春梅校點《張宣公年譜》，一九三二年胡氏夢選樓刊本。

73、王質（遊歷杭州）

王質（1135～1189），字景文，號雪山，其先鄆州人，後徙興國軍（今湖北陽新）。

乾道元年（1165）～乾道二年（1166）

曾在杭州仕宦一段時間。

　　《宋會要輯稿》職官七一之一六記載：乾道二年七月「十一日詔：新授國子正王質放罷，永不得行在差遣……」可知王質在杭州做過一段時間的國子正。

乾道七年辛卯（1171）

入爲敕令所刪定官。

　　《宋史》本傳有記。

　　《宋會要輯稿》選舉二零之二二：「（乾道）八年正月九日，命翰林學士知制誥兼侍讀王啜知貢舉，……敕令所刪定官楊恂、王質、王公衮……點檢試卷。」〔註43〕

乾道八年（1172）

遷樞密院編修官，一直到淳熙二年二月，奉祠山居。

　　《宋史》本傳：「出通判荊南府，改吉州，皆不行，奉祠山居，決意祿仕。」從杭州回到興國軍。

74、辛棄疾（遊歷蘇州，仕宦杭州）

　　辛棄疾（1140～1207），原字坦夫，後改字幼安，中年後別號稼軒居士，濟南歷城人。本傳見《宋史》卷四百零一。

宋紹興三十二年（1162）閏二月

稼軒縛張安國獻俘行在，第一次到杭州。

　　《宋史·高宗本紀》：「紹興三十二年閏二月」條，《朱子語類》卷一百三十二中興至今人物：「耿京起義兵，爲天平節度使。有張安國者亦起兵，與京爲兩軍。辛幼安時在京幕下爲記室，方銜命來此致歸朝之義，則京已爲安國所殺。幼安後歸，挾安國馬上，還朝以正典刑。」

　　洪邁《文敏公文集》卷六《稼軒記》亦有記載。

〔註43〕 【清】徐松《宋會要輯稿》，中華書局1957年版，第4585頁。

　　辛棄疾正月歸朝時，高宗巡幸建康，因此二月才是第一到杭州。

乾道元年（1165）

奏進《美芹十論》。

　　《辛稼軒詩文鈔存》。

　　關於《辛稼軒詩文鈔存》中《美芹十論》的具體時間，《宋史》與楊士奇《歷代名臣奏議》、唐順之《荊川先生右編》記載各有不同，鄧廣銘先生對此有考辨，今從鄧先生之考辨結果。

乾道三年（1167）

流落吳江。

　　《稼軒詞集》之《水調歌頭·和王正之右司吳江觀雪見寄》有云：「好卷垂虹千丈，只放冰壺一色。」

　　《清平樂·憶吳江賞木樨》云：「少年痛飲，憶向吳江醒。」

乾道六年（1170）

召對延和殿。

　　《宋史》本傳：「六年，孝宗召對延和殿。時虞允文當國，帝銳意恢復，棄疾因論南北形式及三國、晉、漢人才，持論勁直，不爲迎合。作《九議》及應問三篇、美芹十論獻於朝，言逆順之理，消長之勢，技之長短，地之要害甚備。以媾和方定，議不行。」徙司農寺主簿。

乾道八年（1172）春

出知滁州，離杭。

　　周孚《蠹齋鉛刀編》卷二十三，《滁州奠枕樓記》「乾道八年春，濟南辛侯自司農寺簿來守滁。」

淳熙元年（1174）

葉衡薦辛棄疾慷慨有大略，召見，遷戶部郎官。

《宋史》本傳:「衡入相,力薦棄疾慷慨有大略,召見,遷戶部郎官。」

淳熙二年六月十二日,稼軒出爲江西提點刑獄,節制諸軍,進擊茶商軍。

《宋史‧孝宗本紀》:「淳熙二年六月辛酉,以戶部郎中辛棄疾爲江西提刑,節制諸軍,討捕茶寇」。秋七月,離臨安,至江西贛州就任。

閏九月,誘賴文正殺之。茶商軍平,加秘書閣修撰。

淳熙五年（1175）

召爲大理少卿。

《宋史》本傳。

《水調歌頭》序云:「淳熙丁酉,自江陵移帥隆興,到官之二月被召。司馬監、趙卿、王漕餞別。司馬賦水調歌頭,席間次韻。時王公明樞密薨,坐客終夕爲興門戶之歎,故前章及之」。

不久即離杭,出爲湖北轉運使,離杭。

《宋史》本傳。

淳熙八年（1178）十一月

改除兩浙西路提點刑獄公事,旋因臺臣王蘭論列,落職罷新任。

《宋會要輯稿》「職官」一〇一「降官」第八有記載。

紹熙三年（1192）

被召赴行在。

《水調歌頭》題序:「壬子,三山被召,陳端仁給事飲餞,席上作」。

《西江月》題序「正月四日和建寧陳安行舍人,時被召」。

秋天

加集英殿修撰,知福州。

《宋史》本傳。

嘉泰四年（1204）正月

召見，言鹽法。

《朝野雜記》乙集卷十八「丙寅淮漢蜀口用兵事目」「……會辛殿撰棄疾除紹興府，過闕入見，言金國必亂必亡。」

開禧三年（1207）

試兵部侍郎。

《後樂集》：「辛棄疾辭免除兵部侍郎不允詔。」

後回家，九月卒。

《洞仙歌》題序：「丁卯八月病中作」。

參考年譜：

鄧廣銘《辛稼軒年譜》，上海古籍出版社，1997 年版。

75、陳亮（遊學杭州，覲見）

陳亮（1143～1194），字同甫，原名汝能，後改今名，人稱龍川先生。婺州永康人。《宋史》卷四三六本傳。

紹興三十二年（1162）

客臨安，與呂祖謙同試漕臺。受《中庸》、《大學》於周葵。

本集《龍川文集》卷二十《甲辰答朱元晦》。

《宋史》本傳云：「及葵爲執政，朝士白事，必指令節，亮因得交一時豪俊，盡其議論。因授以《大學》、《中庸》……」。

乾道元年（1165）

如義烏就姻，離杭。

《龍川文集》卷三十《劉夫人何氏墓誌銘》：「紹興之年，余客臨安，凡三歲。父母顧其有室而命之歸也。義烏何茂恭欲妻以其兄之子。……乾道改元，余往就姻焉。」

乾道六年（1170）

歲首在太學。秋天，去臨安。

　　　　文集卷二十一《與葉衡丞相又書》。

淳熙四年（1177）上禮部

不中。

　　　　吳子良《林下偶談》有記：「金華唐仲友字與正，博學
工文，熟於度數。居與陳同甫為鄰，同甫雖工文，而以強
辯使氣自負，度數非其所長。唐意輕之，而忌其名盛，一
日，唐為太學公試，故出《禮記》度數題以困之，同甫技
窮見黜。」

淳熙五年（1178）正月十九日

詣闕上孝宗皇帝書。後拒官而歸。

　　　　《龍川文集》卷一《上孝宗皇帝三書》。

　　　　《宋史》本傳：「書上，帝欲官之。先生笑曰：『吾欲
為社稷開數百年之基，寧用以博一官乎？』亟渡江而歸。」

淳熙十四年（1187）春

上禮部，不中。

　　　　《四朝聞見錄》甲集「天子獄」條。

十月八日

入都。

　　　　《龍川文集》卷二十一《與周丞相必大書》：「亮至節
後，以小故一至浙西，取道行都。」

　　　　《龍川文集》卷十九《與章茂德侍郎又書》：「亮十月
八日入都。首得參觀，以究其所欲言而未能言者，尚冀臺
照。」

淳熙十五年（1188）冬

偕辛棄疾同遊鵝湖，離杭。

《稼軒集》之《賀新郎》小序：「陳同父自東陽來，過餘留十日。與之同遊鵝湖，且會朱晦庵於紫溪，不至，飄然東歸。……」，由此可知，陳亮來鵝湖之前既已離開杭州而歸家。

紹熙四年（1193）

舉進士，廷對不久即離開。

《龍川文集》卷二十二《告高曾祖文云》：「紹熙癸丑之夏，天子觀閱禮部進士於庭，被一卷子於眾中，許以淵源而置之選首。折其號，則亮也。」

《文集》卷十一記錄廷對甚詳。

紹熙五年（1194）

卒。

《皇朝名臣言行錄》：「紹熙四年舉進士，上親擢第一，授建康軍節度判官，次年卒。」

參考年譜：

顏虛心《陳龍川先生年譜長編》，據民國二十九年商務印書館排印本整理。

何格恩《宋史陳亮傳考證及陳亮年譜》，《民族雜誌》1935 年，三卷十一期。

76、劉過（遊歷杭州、寓居蘇州）

劉過（1154～1206），字改之，號龍州道人，吉州太和人。呂大中爲撰《宋詩人劉君墓碑》，楊維楨撰《宋龍州先生劉公墓表》。

淳熙十年（1183）

赴臨安，作《沁園春・御閱還上郭殿帥》。

淳熙十一年（1184）

初入臨安應舉子試，與弟劉澥遊西湖。落第後離開。

《龍州集》卷七《西湖次舍弟潤之韻》。

淳熙十四年（1187）

臨安會試，應試回臨安。

淳熙十五年（1188）

在臨安，與許從道交遊。

淳熙十六年（1189）

在臨安，拜謁周必大。

《慶周益公新府》、《辭周益公》。

紹熙元年（1190）

從臨安北上到金陵，離杭。

　　《投誠齋詩》七首。

紹熙二年（1191）秋

由兩淮轉赴蘇州。在蘇州上詩拜袁說友與俞太古。

　　《龍州集》卷三《俞太古嘗叩閽尚書，有名天下。甚
敬之，相會於姑蘇。將歸洞庭，度數賦詩以壯其行》。

紹熙五年（1194）

赴臨安上書。得旨回鄉。

　　《初伏闕上書得旨還鄉上楊守秘書》。

慶元二年（1196）至四年（1198）

此三年時間活動範圍以蘇州爲中心，遊吳江無錫等地。

　　《沁園春‧寄孫竹湖》。

慶元二年（1196）

有會試，應回臨安。

嘉泰二年（1202）

在臨安與郭倪等交遊，有七言古詩數首記此行。

嘉泰三年（1203）

在臨安。

> 《西湖》詩：「西湖湖上山如畫，二十年前曾客來。」
> 《沁園春・寄辛稼軒》。

冬天

在臨安，與姜夔交往。

> 有詩《雨寒寄姜堯章》、《遊泰和宮》、《過泰和宮》。

嘉泰四年（1204）

韓侂冑過生日劉過作《西江月・賀詞》以祝壽。由杭州歸故里作《念奴嬌・知音者少》。

開禧元年（1205）

由湖口至洞庭，東行到杭州。

> 《念奴嬌・盧浦江席上時有新第宗室》。

開禧二年（1206）

應崑山縣令潘友之邀赴崑山。不久，卒。

> 《桯史》卷二：「既而別去，如崑山，大姓董氏者愛之，女焉。余未及瓜洲而聞其訃。」

詩文：

《泊船吳江縣》。

遺跡：

王鏊《姑蘇志》卷三四《冢墓》：「劉過墓在崑山縣馬鞍山。」

參考年譜：

劉宗彬編《劉過年表》，《井岡山師範學院學報》2003 年第二期

77、姜夔（遊歷蘇杭，寓居杭州）

姜夔（1155？～1221），字堯章，號白石道人，鄱陽人。姜夔以

布衣而結交楊萬里、范成大、尤袤、朱熹、樓鑰、葉適、京鏜等名流，往來於湖州、杭州、蘇州、金陵、合肥等地，後寓居杭州，漫遊無錫、浙東等地。葬於錢塘門外。《宋史翼》卷二八有傳。

淳熙十四年（1187）正月

到臨安，識楊萬里。

《白石道人詩集自序》：「東來，識誠齋、石湖。」根據楊萬里本傳，淳熙十四年，適在臨安官左司郎中。

三月

買舟往蘇州，拜謁石湖。

《誠齋集・送姜堯章謁石湖先生》「翻然欲買松江艇，逕去蘇州參石湖。」

《次韻誠齋送僕往見石湖長句》。

夏天回苕溪。

《惜紅衣》詞序：「……丁未之夏，予遊千岩，數往來紅香中。自度此曲，以無射宮歌之」。

秋作《喜遷鶯慢》賀張鎡南湖新第落成。

冬過吳淞。

吳淞江：俗稱蘇州河，源除江蘇太湖，爲古三江之一，經過蘇州，東流至上海，會黃浦江入海。

姜夔有《點絳唇》詞序：「丁未冬過吳淞作」和《三高祠》詩、《姑蘇懷古》詩。

《花庵詞選》：「范成大《三高祠記》，天下人誦之。」宋人以白石比陸龜蒙。《吳郡圖經續記》：「陸龜蒙宅在松江上甫裏。」白石自述：「待制楊公以爲予文無所不工，甚似陸天隨。」《除夜自石湖歸苕溪》：「三聲定是陸天隨，又向吳松作客歸。」是先生以陸龜蒙自命矣。

淳熙十五年（1188）

客居臨安（居杭州）

紹熙二年（1191）冬

先生戴雪到石湖。

> 有《雪中訪石湖詩》，范成大有次韻作《次韻堯章雪中見贈》。《玉梅令》序云：「高平調石湖家自製此聲，未有語實之，命予作。石湖宅南隔河有圃，曰范村，梅開雪落，竹院深靜，而石湖畏寒不出，故戲及之。」

> 《暗香》、《疏影》序：「仙呂宮辛亥之冬，予載雪詣石湖。止既月，授簡索句，且徵新聲。作此兩曲，石湖把玩不已，使工妓隸習之，音節諧婉，乃名之曰暗香、疏影」。

石湖以小紅見贈。

> 《古今詞話》：「避寒、小紅，順陽公青衣也，有色藝。順陽公之請老，姜堯章詣之。一日授簡徵新聲，堯章制《暗香》、《疏梅》兩曲，公使二奴肄習之，音節清婉。姜堯章歸吳興，公尋以小紅贈之。」

歸吳興苕溪途中，過垂虹，有「小紅低唱我吹簫」之句。

> 《硯北雜誌》：「姜堯章歸吳興，公尋以小紅增之。其夕大雪，過垂虹，賦詩曰：自作新詞韻最嬌……」

紹熙五年（1194）

同張平甫自越還吳，攜家妓觀梅於孤山之西村。

> 《鶯聲繞紅樓》序云：「甲寅春，平甫與予字越來吳，攜攜家妓觀梅於孤山之西村，命國工吹笛，妓皆以柳黃為衣。」

> 西村：《武林舊事》：「孤州路：西陵橋又名西泠橋，又名西村。」

旋與俞商卿遊西湖，再觀梅於西村。俞商卿走後，自己又獨自觀梅。

> 《角招》序：「甲寅春，予與俞商卿燕遊西湖，觀梅於孤山之西村。玉雪照映，吹香薄人。已而商卿歸吳興，予獨來，則山橫春煙，新柳被水，遊人容與飛花中。悵然有

懷，作此寄之。商卿善歌聲，稍以儒雅緣飾。予每自度曲，吟洞簫，商卿輒歌而和之，極有山林縹緲之思。今予離憂，商卿一行作吏，殆無復此樂矣。」

慶元二年（1196）三月十四日

與張平甫同宿西湖定香寺

《阮郎歸》二首序云：「爲張平甫壽，是日同宿湖西定香寺。」

冬，與友人赴梁溪途中經過吳淞。

《慶宮春》題序：「紹熙辛亥除夕，予別石湖歸吳興，雪後夜過垂虹，嘗賦詩云：『笠澤茫茫雁影微。玉峰重疊護雲衣。長橋寂寞春寒夜，只有詩人一舸歸。』後五年冬，復與俞商卿、張平甫、銛樸翁自封禺同載詣梁溪，道經吳松。山寒天迥，雲浪四合。中夕相呼步垂虹，星斗下垂，錯雜漁火，朔吹凜凜，厄酒不能支。樸翁以衾自纏，猶相與行吟，因賦此闋，蓋過旬塗稿乃定。樸翁咎予無益，然意所耽，不能自已也。平甫，商卿，樸翁皆工於詩，所出奇詭，予亦強追逐之。此行既歸，各得五十餘解。

《浩然齋雅談》題序：「慶曆丙辰冬，姜堯章與俞商卿、銛樸翁、張平甫自封禺同載詣梁溪，道經吳淞，既歸，各得詩詞若干解，鈔爲一卷，命之曰《載雪錄》。」

歲不盡五日，歸舟過吳淞，

《浣溪沙》題序云：「丙辰歲不盡五日，吳淞作」。

慶元三年（1197）

居家在杭州。

考證：

《鷓鴣天·丁巳元日》：「柏綠椒紅事事新。隔籬燈影賀年人。三茅鐘動西窗曉，詩鬢無端又一春。慵對客，緩開門。梅花開伴老來身。嬌兒學作人間字，鬱壘神荼寫未眞。」根據詞中提到的「三

茅鍾」可知詞人此時在杭州。《咸淳臨安志》卷十三：「寧壽觀在七寶山，本三茅堂。紹興中興賜古器玩三種……其二唐鐘，本唐澄清觀舊物。禁中每聽鐘聲，以爲寢興食息之節。」《輟耕錄》引用陳隨隱《南渡行宮記》：「吳知古掌焚修，沒三茅觀鐘鳴，則觀堂之鐘應之」。

另外詞作《鷓鴣天・正月十一日觀燈》：「巷陌風光縱賞時。籠紗未出馬先嘶。白頭居士無呵殿，只有乘肩小女隨。花滿市，月侵衣。少年情事老來悲。沙河塘上春寒淺，看了遊人緩緩歸。」

沙河塘，根據《唐書・地理志》：「錢塘南五里，有沙河塘，咸通二年刺史崔彥曾開。」

《西湖志餘》亦有記載。

四月

上書論雅樂，並進《大樂議》一卷，《琴瑟考古圖》一卷，詔付奉常收掌，同寺官校正不合，歸。

> 《慶元會要》：「慶曆三年丁巳四月，饒州布衣姜夔上書論雅樂，並進《大樂議》一卷，《琴瑟考古圖》一卷，詔付奉常。有司以其用工頗精，留書以備採擇。」

> 《吳興掌故》：「姜堯章長於音律，著《大樂議》，欲正廟樂。慶元之年，詔付奉常收掌。令太常寺與議大樂，時嫉其能，是以不獲盡其所議，人大惜之。」

秋天到嘉泰元年

一直寓居湖上，其間離開一段時間到越中。

慶元五年（1199）

上《聖宋饒歌鼓吹曲》十四章，詔免解，與試禮部，不第。

此間詩作：《七月望湖上書事》、《和轉庵丹桂》、《呈徐通仲兼簡仲錫》、《戊午春帖子》、《送李萬頃》、《湖上寓居雜詠》、《臨安旅邸答蘇虞叟》等。

嘉泰二年（1202）

客居臨安。

詩作：《訪全老》、《觀沈碑隆書》、《嘉泰壬戌上元日訪全老於淨林廣福院觀沈傳師碑隆茂宗書贈詩》、《同樸翁過淨林廣福院》、《遊龍井》。

嘉泰三年（1203）三月之前

客居臨安。後，回到越中。

嘉泰四年（1204）

在臨安，三月寓所著火。作《念奴嬌》（序云：毀舍後作）、《洞仙歌・贈辛棄疾》

陳造《次姜堯章贈詩卷中韻》：「徐郎巢已焚，庭竹亦無在。」

五月

客居鎮江，有北固樓次稼軒韻《永遇樂・雲隔迷樓》。第二年歸吳興。（此後年譜不詳）

嘉定十二年（1219）

客居維揚，識吳潛。

端平元年（1233）

遣嫁小紅。

> 《硯北雜誌》：「堯章每喜自度曲，小紅則歌兒和之。堯章後以疾歿，故蘇召挽之曰：『幸是小紅方嫁了，不然啼損馬塍花。』二年，卒。」

端平二年（1234）

卒於杭州西馬塍。

遺跡：

西馬塍：《咸淳臨安志》卷九「東西馬塍，在餘杭門外羊角埂之間。土細，宜花卉……今北關門，古之餘杭門外城也。元自有北關門，今

有夾城巷，乃古基也，地與馬城相接。」先生詞作《卜算子・吏部美化八詠》有句「家在馬城西」，可知確實居於西馬塍，而出入於北關。

《志雅堂雜鈔》（下）：「北關接待寺……其前殿即歲殿，亦舊物。外有給眾庫，石碑立於側，其文乃鎦樸翁撰、姜堯章書。」

《硯北雜誌》：「宋時花藥，皆出東、西馬塍。西馬塍皆名人葬處，白石沒後葬此。」

參考年譜：

馬維新《姜白石先生年譜》，山東大學《勵學》第一二冊。

夏承燾《白石道人年表》，《唐宋詞人年譜》，上海古籍出版社，1979 年版。

78、危稹（仕宦杭州）

危稹（1158～1234），原名科，字逢吉，號巽齋，又號驪塘，臨川人。

嘉定八年（1215）

諸王宮大小學教授。

嘉定十一年（1218）

出知潮州，被論罷職，離開杭州。

79、崔與之（遊學並仕宦杭州）

崔與之（1158～1239），字正之子，號菊坡，增城人。本傳見《宋史》卷四零六，李昴英《崔清獻公行狀》。

紹熙元年（1190）

入太學。

　　《文溪存稿》卷四《跋菊坡太學時書稿》。

紹熙四年（1193）

舉進士乙科。授潯州司法參軍。

　　《宋史》本傳。

嘉定六年（1213）

赴召到杭，召爲工部員外郎。

　　光緒《臨桂縣志》卷二三《金石四》載《題名桂林白龍洞》云：「五羊崔正子，趣召有行，括蒼管定夫，送別於白龍洞。……嘉定癸酉二月旦日」。

　　《崔清獻公集》卷五《題吉水黿潭李氏仁壽堂》詩自序云：「嘉定癸酉，以廣西憲赴召經此。」（《宋史》本傳亦有記載。）

嘉定七年（1214）正月

知揚州兼淮南東路制置使。

　　《崔清獻公集》卷五《小詩謝山神》自序云：「嘉定甲戌正月，以金部郎分閫東淮。」

嘉定十二年（1219）正月

降秘書少監兼國史院編修兼實錄院檢討官，赴臨安任。

　　《南宋館閣續錄》卷九，《宋史》本傳亦有記。

嘉定十三年（1220）正月二日

楊尚書率同年團拜西湖，與之作詩和之。

　　《崔清獻公集》卷五。

四月

知成都府，離杭。

　　《崔清獻公集》卷一《辭免除煥章閣待制知成都府本路安撫使狀》。

嘉熙三年（1239）十二月

卒。

參考年譜：

何忠禮《崔與之事跡繫年》，據《文史》第四十一輯修訂。

80、易袚（遊學並仕宦於杭州）

易袚（1156～1240）字彥章，號山齋，潭州寧鄉人，存詞三首。

淳熙二年（1175）

遊太學。

　　　　《墓誌銘》：「弱冠遊太學。」

　　　　元李有《古杭雜記》記載其久居太學不歸，其妻寄詞一首責之：「易袚字彥章，潭州人。以優校爲前廊，久不歸。其妻作《一翦梅》詞寄云：『染淚修書寄彥章。貪做前廊，忘卻迴廊。功名成遂不還鄉。石做心腸。鐵做心腸。紅日三竿懶畫妝。虛度韶光。瘦損榮光。不知何日得成雙。羞對鴛鴦，懶對鴛鴦。』」

淳熙十二年（1185）

上舍釋褐。

　　　　《墓誌銘》有記。

　　　　《南宋館閣續錄》卷八：「易袚字彥章，潭州寧鄉人，淳熙十一年上舍釋褐出身，治周禮。」〔註44〕

光宗紹熙五年（1194）

除太學正。自此至於慶元六年九月出知江州，易袚一直在杭州，官職有更變。

　　　　《墓誌銘》有記。

嘉泰三年（1123）

被詔赴行在。自此至於開禧三年十一月被貶融州均在杭州。

　　　　《墓誌銘》：「癸亥三月，召赴行在所。」

　　　　《墓誌銘》：「丁卯十一月，謫融州。」

紹定四年（1231）

轉中奉大夫才再次回到杭州。

〔註44〕　【宋】陳騤《南宋館閣續錄》卷八，中華書局，1998年，第281頁。

《墓誌銘》：「紹定四年，轉中奉大夫。磨勘轉大中大夫。嘉熙二年戊戌告老。」

81、程珌（仕宦蘇杭）

程珌（1164～1242），字懷古，自號洺水遺民，休寧人。事跡見呂午爲撰《宋端明殿學士程公行狀》，程如愚《程公墓誌》，《宋史》卷四二二本傳。

紹熙四年（1193）五月

以鄉薦，應試禮部，丞相趙汝愚擢爲本經第二，授迪功郎，臨安府昌化縣主簿。

《行狀》：「四年，等進士第，時丞相趙公汝愚典奉春宮，一見公文，曰：『天下奇才也。』擢魁多士。有以道學疑者，實本經第二，公論稱抑。授迪功郎，主臨安府昌化主簿。」

是年，丁外艱，居家。

嘉泰元年（1201）十一月

以工音律，服除後又應博學宏詞科，除建康府教授。

按《行狀》。

嘉定二年（1209）二月

珌以薦及格，改宣教郎，知臨安府富陽縣，但一直到嘉定四年十月才到任。

嘉定七年（1214）

除主管官告院。

《墓誌》：「以政績上聞，除主管官告院」。

自此，一直到嘉定十年，官職屢有陞遷，一直在杭任京官。

嘉定十年（1217）

丁內艱，守喪在家。

按《行狀》。

嘉定十二年（1219）

九月，服除。十月，除浙西提舉到蘇州。十一月，轉朝散郎。

　　《吳郡志》卷七提舉常平茶鹽司條：「珌嘉定十二年十
一月到任。」

嘉定十三年（1220）十月

除秘書丞兼權右司郎官。

　　《吳郡志》卷七〔註45〕。

紹定元年（1228）三月

乞祠，除煥章閣學士，知建寧府，離開杭州。

　　友人眞德秀有詩祝賀（《洺水集》附錄。

　　《眞文忠公全集》卷三九《賀程內涵年啓》。

淳祐二年（1242）六月

卒於家。

參考年譜：

黃寬重《程珌年譜》，據臺灣大學歷史學研究所《史原》第五期
修訂。

82、盧祖皋（仕宦蘇州）

　　盧祖皋（約 1174～1224），字申之，一字次夔，號蒲江，永嘉人。
《南宋館閣續錄》卷八、清雍正《浙江通志》卷一二六。

慶元五年（1199）年

進士及第。

嘉泰二年（1202）

調任兩浙西路吳江（今蘇州市）主簿，重到吳中。（慶曆六年曾
客居蘇州）

〔註45〕【宋】范成大《吳郡志》，江蘇古籍出版社，1999 年，第 95 頁。

孫應時《燭湖集》卷十《盧申之〈蒲江詩稿〉序》：東
嘉盧申之，妙年取進士第，辭藻逸發，如水湧山出。見予
於吳中，不鄙定交。申之喜爲樂府，予曰不如詩之愈也，
申之即大肆其力於詩。」

嘉定十一年（1218）

因文才卓著，內召臨安，主管刑、工部架閣文字。

此後官職屢有陞遷。嘉定十三年除秘書省正字，十三
年三月，任校書郎。十二月，爲秘書郎。十四年正月，升
著作佐郎。十月，爲著作郎兼權司封郎官。十五年正月，
直學士院暫代學士職務，起草制詔及其它文稿。

嘉定十五年（1224）九月

遷將作少監，未久逝世，墓葬在杭州西湖名勝「九里雲松」。

九里松：見宋周密《武林舊事·湖山勝概》、明田汝成
《西湖遊覽志·北山勝蹟》。

詞《清平樂·庚申中吳對雪》、《木蘭花慢·汀蓮凋晚豔》、《木
蘭花慢·別西湖兩詩僧》、《虞美人·九月遊虎丘》、《賀新郎·姑蘇
臺觀雪》、《賀新郎·挽住風前柳》、《滿江紅·齊雲月酌》均爲在蘇
杭作。

83、眞德秀（仕宦杭州）

眞德秀（1178～1235），字景元，一字希元，號西山，浦城人。
事跡見劉克莊《西山眞文忠公行狀》（《後村先生大全集》卷一六八），
魏了翁《參知政事資政殿學士致仕眞公神道碑》（《鶴山大全集》卷六
九）《宋史》卷四三七本傳。

嘉定元年（1208）

召試學士院，除秘書省正字，差充御試編排官兼玉牒檢討官。

嘉定十年（1217）夏月

到泉州任，離杭。

嘉定十六年（1223）

奉詔擢起居舍人兼宮講。

嘉定十七年（1224）

知潭州。後自潭州召還，入對，轉禮部侍郎，直學士院。

寶慶元年（1225）

因史彌遠輩誣陷，去國歸家。

紹定元年（1228）

以恩復寶謨閣侍制。（回杭）

端平二年（1235）

卒。

參考年譜：

　　【清】眞采編，李春梅校點《西山眞文忠公年譜》，乾隆二十九年拱極堂刊《眞西山全集》附。

84、魏了翁（仕宦杭州）

　　魏了翁（1178～1237），字華夫，號鶴山，邛州蒲江人。本傳見《宋史》卷四三七。

慶元五年（1199）

廷對。登曾從龍榜進士第三，賜及第。授僉書劍南西川節度判官。

開禧元年（1205）正月

召試館職於摛文堂，到杭。

開禧二年（1206）

以親老乞補外，改知嘉定府。奉親還里，後居里丁憂，離杭。

開禧十四年（1218）

收召。

開禧十五年（1219）

入都，進兵部郎中，改司封郎中，兼國史院編修官。

寶慶元年（1225）十一月

遭朱端常彈劾，落職，追三官，竄南安，復改靖州。公離都，祖帳餘杭門外，連日不絕。

端平元年（1234）五月

召赴闕。

端平二年（1235）五月

造朝入對。

端平三年（1236）四月

請祠，乞歸田里，詔提舉臨安洞霄宮，離開杭州。

嘉熙元年（1237）三月十八日

卒。

參考年譜：

繆荃孫編，張尙英校點《魏文靖公年譜》，南陵徐氏刊《煙畫東堂四譜》本。

85、孫惟信 （流寓杭州）

孫惟信（1179～1243）字季蕃，號花翁，原籍開封（今屬河南），居婺州（今浙江金華）。以蔭入仕，光宗時棄官隱居西湖。與趙師秀、劉克莊等交遊甚密，長期在蘇杭間遊歷。有《花翁集》，已佚。事見《後村先生大全集》卷一五○《孫花翁墓誌銘》。

事跡不可考，亦無年譜可參考，根據友人詩作及劉克莊《孫花翁墓誌銘》知孫惟信中年後隱居於杭州西湖畔，並葬於西湖北山。孫惟信存詞不多，但甚受時人追捧，享譽一時。

　　友人宋伯仁《訪孫花翁》：「東風吹雨濕西湖，未許蘇堤酒剩沽。試向花翁問花信，不知花似去年無？」

《後村先生大全集》卷一五〇《孫花翁墓誌銘》：「季
蕃客死錢塘，妻子弟兄皆前卒，故人立齋杜公、篩齋趙公
與江湖士友葬之於西湖北山水仙王廟之側，自歛至葬皆出
姚君垣手。……始昏於婺，後去婺，遊四方，而留蘇杭最
久。」〔註46〕

《西湖遊覽志》：「孫惟信，字季蕃，仕宋光宗時，棄
官隱西湖。工爲長短句，好藝花卉，自號花翁家徒壁立，
無旦夕之儲，躍琴讀書，晏如也。既卒，安撫趙與蕙葬之，
墓近水仙王廟。」〔註47〕

86、劉克莊（仕宦杭州）

劉克莊（1187～1269），字潛夫，號後村，莆田人。事跡見林希
逸《後村先生劉公行狀》，洪天錫《後村先生墓誌銘》（《後村先生大
全集》卷一九四）。

嘉定二年（1209）

入京進卷。有詞《最高樓》，詩《題舊記顏》，逗留時間較短。

嘉定十六年（1223）冬

入京進卷，在臨安受到葉適的高度評價推薦，與杭州書肆主人陳
起結識。作詞《沁園春·送孫季蕃弔方漕西歸》，詩有《入浙》、《贈
陳起》、《贈翁卷》。

嘉定十七年（1224）

在臨安盤桓至春暖花開時節，爾後帶著前程未卜之抑鬱心情歸
里。

《出都》詩：「客子來時臘雪飛，出城忽已試單衣。湖
邊移店非無意，要共林逋話別歸。」

〔註46〕【宋】劉克莊《後村先生大全集》卷一五零，四部叢刊初編集部，
第 13 頁。
〔註47〕【明】田汝成《西湖遊覽志》，上海古籍出版社，1958 年，第 99～
100 頁。

紹定六年（1233）十一月左右

由赴台州任路上，接新命，轉赴臨安。

《與鄭丞相書》：「某茲以吉倅闕期迫近，羇累之官。行至福州，承興化軍遞至省劄，劉某叨被恩旨赴都堂審察。」

端平元年（1234）

去冬今春之際，克莊至臨安接受堂審。

七月

奉母還里，離杭。

八月

還入京，到杭。此間作有《踏莎行・甲午重九牛山作》、《備對劄子・端平元年九月》二篇，《貼黃》三篇。詩有《呈黃建洲》。

端平三年（1236）春

被黜，歸里。尋除漳州。

按《行狀》、《墓誌銘》。

淳祐元年（1241）六月二十四日

被召赴行在奏事，未去。

淳祐六年（1246）四月二十四日

被命赴京奏事。十月朔轉對，十二月二十四日去國。（來去匆匆）

《雜記》：「丙午十月一日，余為少蓬，當轉對，論國本大略。」

有詞《念奴嬌・丙午鄭少伯生日》。

淳祐十一年（1251）春

有旨令赴行在。四月到闕。

《雜記》：「辛亥，余以右史兼內制、侍讀。」

此間作有詞《水龍吟・辛亥安晚生朝》等。

淳祐十二年（1252）

除右文殿修撰，知建寧府。六月依前職提舉明道宮，歸里。
按《行狀》。

景定元年（1260）六月二十七日

除秘書監，歸京。一年之內，官職屢有陞遷。詩作甚多，卷三一至卷三二幾乎都爲本年所做。景定四年癸亥，掛冠里居。

居杭爲京官其間內，詞有《鵲橋仙・庚申生日》、《賀新郎・傅相生日壬戌》、《好事近・壬戌生日和居厚弟》、《轉調二郎神・余生日，林農卿贈此詞，終篇押一韻，效顰一首》、《再和》、《三和》、《四和》、《五和》。

參考年譜：

張荃編《劉後村先生年譜》，《之江學報》1934 年一卷三期。

程章燦《劉克莊年譜》，貴州人民出版社，1993 年版。

李國庭編《劉克莊年譜簡編》，據《福建圖書館學刊》1990 年第一二期增訂。

87、陽枋（仕宦杭州）

陽枋（1187～1267），字正父，原名昌朝，字宗驥，合州巴川人。事跡見《字溪集》卷一二附錄《紀年錄》。

淳祐六年（1246）

因各方舉薦，到臨安入對。
《北高峰》：「上到北高峰，京城一方冊。天邊極雙眸，雲闊海門白。」

參考年譜：

陽炎卯編，尹波校點《字溪先生陽公紀年錄》，文淵閣四庫全書本《字溪集》卷一二。

88、徐鹿卿（仕宦蘇杭）

徐鹿卿（1189～1250），字德夫，號泉谷樵友，豐城人。事跡見劉克莊《待制徐侍郎神道碑》，《宋史》卷四二四本傳。

嘉定十六年（1223）春二月

試禮部，中第三等。授迪功郎、南安軍學教授。

冬十二月

之任，離杭。

端平三年（1236）

春三月有旨特於起復。十月，至在所堂稟。

嘉熙二年（1238）

公歸家，離杭。

嘉熙三年（1239）九月

有旨令赴行在奏事。

嘉熙四年二月（1240）朔

入國門。

淳祐元年（1241）二月

被旨王當塗巡歷，離杭。

淳祐五年（1245）夏四月朔

入國門。

淳祐六年（1246）

三月丙戌除右文殿修撰知平江府，兼淮浙發運副使。五月到任（蘇州）

《吳郡志》卷一一《牧守·題名》：「朝奉大夫、右文殿修撰，知平江府兼兩淮浙西發運副使、節制激浦都統司水軍。淳祐六年閏四月二十八日，交運司職事。五月十一

日到任，交割府事。七年四月二是二日，御筆召赴行在。
五月十三日，准告磨勘轉朝散大夫。當月十六日，御筆除
權兵部侍郎。」

淳祐七年（1247）

二月邵農於虎丘。秋八月乙未望，離吳門。

九月

入國門。

淳祐十年（1250）秋七月

卒。

參考年譜：

【明】徐鑒編，曹清華校點《宋宗伯徐清正公年譜》，豫章叢書
本《宋宗伯徐清正公存稿》。

89、吳淵（仕宦蘇杭）

吳淵（1190～1257），字道父，號退庵。吳柔勝第三子，宣州寧國
（今屬安徽）人，一說德清（今屬浙江）人。《宋史》卷四一六本傳。

紹定三年（1230）

入為將作監丞，遷樞密院編修官兼刑部郎官，再遷秘書丞仍兼刑
部郎官。以直煥章閣知平江府兼節制許浦水軍，提點浙西刑獄。

> 《吳郡志・題名》卷一一：「宣教郎、直煥章閣。邵定
> 三年十二月初三日到任。四年四月二十一日，該遇慶典，
> 轉承議郎。七月十六日，改浙西提刑。」

> 《館閣續錄》卷七，吳淵於十一月除秘書丞，同月知
> 平江府。

時淵造闕下入對，歷陳九事，

淳祐七年（1247）

遷兵部尚書、知平江府兼浙西兩淮發運使。尋兼知平江府，歲亦

大侵，因淵全活者四十二萬三千五百餘人。兼浙西提點刑獄、知太平州兼提領兩淮茶鹽所，以功進端明殿學士、沿江制置使、江東安撫使兼知建康府、兼行宮留守、節制和州無爲軍安慶府兼三郡屯田使。改知平江府兼發運使。

> 《吳郡志・題名》卷一一：「龍圖閣學士，太中大夫、浙西兩淮發運使兼知平江府事、兼管内勸農使、節制激浦都統司水軍。宣城縣開國子，食邑六百戶。淳祐七年八月初一日，交發運司職事。十一日到任，交割府事。八月初五日奉聖旨，以龍圖閣學士，知太平州兼提領茶鹽所。」

90、吳潛（祖籍蘇州，仕宦蘇杭）

吳潛（1195～1262），字毅夫，號履齋，寧國（今屬安徽）人。事見《宋歷科狀元錄》卷七，《宋史》卷四一八本傳。

祖籍蘇州。

《墓誌》云：「家本姑蘇，八世祖徙宣城……」。

嘉定十年（1217）

舉進士第一，授承事郎，簽鎭東軍節度判官。

> 《宋史・寧宗紀》第四：「嘉定十年五月甲申賜禮部進士吳潛以下五百二十有三人及第出身。」
>
> 《宋史》本傳亦有記載。

寶慶二年（1226）

授秘書省正字，回杭州。

> 《宋史》本傳：「丁父憂，服除，授秘書省正字。」
>
> 《館閣續錄》卷九，除正字在寶慶二年十一月。

紹定二年（1229）

添差通判嘉興府，權發遣嘉興府事。

> 《館閣續錄》卷八校書郎注：「二年五月添差通判嘉興府」

紹定四年（1231）

遷尚右郎官。

> 按《宋史》本傳。

作詞《鷓鴣天·送遊景仁將漕夔門》。

紹定六年（1233）十二月

遷太府卿，淮西總領財賦，暫兼沿江制置知建康府。

> 《宋史·理宗紀》。

端平三年（1236）三月

赴闕，權工部侍郎，知江州，辭不赴。

十一月

赴闕。

> 《宋史·理宗紀》

嘉熙元年（1237）春

在臨安，作有《賀新郎·送吳季永侍郎》、《水調歌頭·送叔永文昌》等詞。

試工部侍郎知慶元府兼沿海制置使，改知平江府。

> 《吳郡志》卷一一《牧守題名》：「吳潛朝請大夫、新除工部侍郎。嘉熙元年八月十七日到任。九月二十五日，准省箚：都大提舉許浦。」
>
> 《宋史·理宗紀》嘉熙元年六月「丙午以吳潛為工部侍郎知慶元府兼沿海制置使」。

在蘇州作有《滿江紅·姑蘇靈巖寺涵空閣》、《漢宮春·吳中齊雲樓》。

嘉熙二年（1238）正月

看梅滄浪亭，和吳文英《賀新郎》。

作有《聲聲慢·和吳夢窗賦梅》、《蝶戀花·吳中趙園》詞。

後改戶部侍郎淮東總領兼知鎮江府，離蘇。

《宋史·理宗紀》嘉熙二年六月「戊申吳淵知太平州，措置採石江防。以吳潛爲淮東總領財賦知鎮江府。」

嘉熙四年（1240）

進工部尙書，改禮部尙書兼臨安府。

按《宋史》本傳。

八月二十一日

乞歸田里。不允。

淳祐元年（1241）

請守本官致仕。不允。

淳祐七年（1247）七月

端明殿學士知福州，福建安撫使。

按《宋史》本傳。

淳祐九年（1249）十二月

召同知樞密院事兼知政事。十年始到。

淳祐十二年（1252）十二月

以觀文殿大學士提舉江州太平興國宮。

《理宗紀》、《宰輔表》、《宋史》本傳均有記載。

參考年譜：

宛敏灝《吳潛年譜》，《合肥師院學報》，1963 年第 1 期。

91、江萬里（遊學並仕宦杭州）

江萬里（1198～1275），字子遠，號古心，都昌人。事跡見《宋史》卷四一八本傳，清道光《都昌縣志》卷二二有傳。

嘉定十年（1217）

入太學。

《巢氏墓誌銘》：「萬里，太學上舍生。」

《宋史》本傳云：「理宗在潛邸，嘗書其姓名幾研間。」

寶慶二年（1226）

以舍選及第。

　　《巢氏墓誌銘》：「萬里……丙戌進士及第。」

紹定四年（1231）

爲池州教授，離杭。

　　袁甫《蒙齋集》卷一三《江東倉司無倦堂記》：「余持
江東使節，至秋浦之初年，實紹定己丑夏六月也。……己
丑迄癸巳，一講荒政五年。」袁甫撰寫《巢氏墓誌銘》於
邵定辛卯，則知此時江萬里必已經任池州教授。。

端平二年（1235）三月

召試館職，除秘書省正字。

　　吳泳《鶴林集》卷七《江萬里授秘書省正字制》記載：
「端平二年乙未，召試江萬里爲館職。」

嘉熙四年（1240）

知吉州，離杭。

　　《鷺州書院江文忠公祠堂記》：「其爲吾州，年四十有
三。」注：白鷺州書院是江萬里仿照白鹿書院創制。（《巽
齋集》卷一四《白鷺洲書院山長廳記》）

淳祐五年（1245）

授駕部郎官。

　　徐元傑《梅野集》卷六《江萬里授駕部郎官制》謂公
五年三月，爲駕部郎官。

淳祐七年（1247）二月

以周坦劾，坐廢，閒居廬山下十二年。

　　《宋史》本傳有記載。

開慶元年（1259）冬

除刑部侍郎。

《宋史》本傳：「似道以右丞兼樞密使移軍漢陽，萬里遷刑部侍郎。」

景定五年（1264）四月

知建寧府兼福建轉運使，離杭。

馬廷鸞《碧梧玩芳集》卷六《端明殿學士知建寧府兼福建運使江萬里除資政殿學士依舊任制》。

十一月

詔赴闕。

《宋史》卷四六《度宗本紀》。

咸淳元年（1265）二月

進同知樞密院事。

咸淳二年（1266）正月

四請祠祿，不俟報出闕。

《宋史》卷四六《度宗本紀》以及本傳均有記載。

咸淳五年（1269）

召拜參知政事。三月，至臨安。

《宋史》卷二一四《宰輔表》第五。

咸淳六年（1270）

爲鮑度所劾，知福州。九月，以疾返饒州。

《續宋宰輔編年錄》卷一九。

參考年譜：

尹波編，《江萬里年譜》，據《宋代文化研究》第四輯增訂。

92、余玠（仕宦杭州）

余玠（1198～1253），字義父，號樵隱，衢州開化人。事跡見余如孫《玠府君墓誌銘》（光緒《開化縣志》卷一二），《宋史》卷四一六本傳。

紹定四年（1231）冬

赴臨安稟見史彌遠，授修職郎、京制司準備差遣。

> 《墓誌銘》：「四年冬，先公以閫命白堂，衛王一見，……
> 特授修職郎、京制司准遣。」

紹定六年（1233）正月

改官為黃州節度制置司參議官兼準備差遣。

> 《墓誌銘》：「六年正月，改黃州節度制置司參、准遣。」

淳祐二年（1242）五月

陛見奏對。

> 《宋史・理宗紀二》：「五月己亥，淮東制置副使余玠
> 進對。」

淳祐三年（1243）

入蜀。

> 劉克莊《後村先生大全集》卷一四三《孟少保神道碑》：
> 「……余玠宣諭四川，過松滋，公一見如故舊。」

淳祐十一年（1251）冬

獻俘於臨安。

> 《墓誌銘》：「十一年冬，獻俘於臨安」因戰事頻仍，
> 行蹤匆匆，難以確定十二年是否在臨安。

寶祐元年（1253）五月十八日

卒於重慶。

參考年譜：

王曉波《余玠年譜新編》，據《宋代文化研究》第三輯重編。

93、方岳（遊歷並仕宦杭州）

　　方岳（1199～1262），字巨山，號秋崖，祁門人。事跡見元代洪
焱祖《秋崖先生小稿》卷首《秋崖先生傳》。

寶慶元年（1124）

遊浙，因明年有秋闈，所以此年必在杭州。

　　有詩《乙酉歲遊浙中道間聞盜起霅川遂寓珠溪》。

寶慶二年（1225）

秋闈落第，歸徽州。

紹定三年（1231）

再遊浙。

　　《秋崖先生小稿》詩集卷一四《書戴式之詩卷》。

紹定四年（1232）

遊浙，漕試第一。

　　《南康大比勸論》云：「每記辛卯折漕詩，林大卿介為
臨安尹，與陳司業塤為姻家。司業廳待詩於江漲橋……盡
在孫山之外，惟某僥倖耳。」

紹定五年（1233）

登進士第，授南康軍教授。

　　《徽州府志》：「（方岳）廷試甲科第七人，調南康軍教
授。」

淳祐元年（1241）秋

離家赴臨安，此間有詞《鵲橋仙·辛丑生日》、《玉樓春·秋思》。

淳祐二年（1242）

起為刑、工部架閣，居官五十六日，罷職閒居四年。本年秋，離
開臨安歸里。

　　《最高樓·壬寅生日》「帝鄉五十六朝暮，人間四十四
春秋」。

　　《秋崖先生傳》：「先是，史嵩之在鄂渚，王楫劃江脅
和，嵩之主和議。秋崖嘗代蔡稿書，責怪嵩之，以此取怒，
嵩之入相，差充刑、工部架閣；而喉言者論列，閒居四年。」

淳祐五年（1245）

在臨安，任禮兵部架閣，尋除太學正景獻府教授。

> 《秋崖先生傳》：「嵩之父彌忠死，以營求起復得罪天下。范鍾爲左丞相，以禮部兵部架閣召，尋除太學正兼景獻府教授。」

淳祐六年（1246）

在臨安，由太學正遷宗學博士。

淳祐七年（1247）

在臨安，除秘書郎，後赴建康，充趙葵幕參議官。尋差知南康軍。

> 《洪傳》：「七年除秘書郎，邊趙葵以元樞出督，辟充行府參議官。遂以宗正丞權工部郎官在行。」

寶祐元年（1253）

歸里，離杭。閒居至寶祐四年丙辰，起知寧國府，未上，罷。改知袁州。

寶祐六年（1258）

除尙書左郎官，被袁玠彈劾罷之。後居家至景定三年卒。

參考年譜：

秦效成《方岳年譜》，據《秋崖詩詞校注》附錄增訂。

94、吳文英（仕宦並遊歷蘇杭）

吳文英（約1200～約1260），字君特，號夢窗，晚年又號覺翁，四明人。本姓翁，後出嗣吳氏。《宋史》無傳。一生未第，遊幕終身，輾轉流寓於各地，以蘇州、杭州最久，並以蘇州爲中心，北上到過淮安、鎮江，蘇杭道中又歷經吳江垂虹亭、無錫惠山，及苕霅二溪。遊蹤所至，每有題詠。

紹定五年（1232）

在蘇州，爲倉臺幕僚。

《聲聲慢》題序：「陪幕中餞孫無懷於郭希道池亭，閏重九前一日。」按《二十史朔閏表》，嘉定六年、紹定五年以及景定三年，皆閏九月。此詞載《花庵詞選》，而《花庵詞選》結集於淳祐九年，在景定之前，嘉定六年，吳文英尚幼，不可能任職幕中，所以推知任幕中當在紹定五年。

郭希道池亭：

吳文英《絳都春·淨詞序云：「余往來清華池館六年，賦詠屢矣，感昔傷今，益不堪懷，乃復作此解。」又《花心動》詞題「郭清華新軒」，當與此處所說「郭希道池亭」爲同一地。

《絕妙好詞箋》卷四：「按郭園當即是郭清華池館，惜人與地俱不可考矣。」

《海綃說詞》中「聲聲慢檀欒金碧」條：「海綃翁曰：郭希道池亭，即清華池館，是覺翁常遊之地。孫無懷只以別筵暫駐，平時之多宴，固未與也。」

《蘇州市志》「郭氏園」條：「在飲馬橋西南，大夫郭雲居，有小滄浪池。南宋吳文英有詞詠及郭希道池亭，《宋平江城坊考》以爲希道即郭雲或其族人。」〔註48〕

夢窗詞中又有《木蘭花慢·遊虎丘》。

在蘇州時間及地點考釋：

本年還有詞作《八聲甘州·陪庾幕諸公遊靈巖》、《祝英臺近·餞陳少逸被倉臺檄刑部》。淳祐壬寅（1242）有《六醜》，癸卯（1243）有《水龍吟》，甲辰（1244）有《滿江紅》，皆明著在吳作。甲辰年多始去吳寓越，在吳約十年左右，故《惜秋華·八日登飛翼樓》有「十載寄吳苑」之語。集中《晏清都》云：「吳王故苑，別來良朋雅集，

〔註48〕《蘇州市志》第一冊卷一一，蘇州市地方志編纂委員會，1995年，第691頁。

空歎蓬轉。」《鷓鴣天‧寓化都寺》云：「吳鴻好爲傳歸信，楊柳閶門屋數間。」《點絳唇‧有懷蘇州》云：「可惜人生不向吳城住」，可見於吳甚戀戀。其寓址，1244 年夏在盤門外，有《滿江紅‧甲辰歲，盤門外居過重午》詞，餘無可考。

端平三年（1236）正月

作《探芳信》。

> 題序：「丙申歲，吳燈市盛常年。余借宅幽坊，一時名勝遇合，置杯酒，接殷勤之歡，甚盛事也。分鏡字韻」

另有《木蘭花慢‧宋施樞往浙東》、《八聲甘州‧姑蘇臺和施芸隱韻》、《齊天樂‧齊雲樓》。

> 齊雲樓：

> 盧熊《蘇州府志》：「齊雲樓在郡治後子城上，相傳即古之『月華樓』」。

> 《吳郡志》卷六：齊雲樓，在郡治後子城上。紹興十四年（1144）郡守王喚重建，兩挾循城，爲屋數間，有耳小樓翼之，輪奐雄特，不惟甲於兩浙，雖蜀之西樓，鄂之南樓、岳陽樓、庾樓，皆在下風。父老謂兵火之後，官寺草創，惟此樓勝承平時。

> 《吳地記》云：「唐曹恭王所造。白公詩亦云『改號齊雲樓』，蓋取『西北有高樓，上與浮雲齊』之義。據此，則自樂天始也。故其詩云『欲辭南國去，重上北城看（白居易《齊雲樓晚望》)』。治平中，裴煜建爲雲飛閣。政和五年秋，重作齊雲樓成。紹興十四年，王喚重建，嘉定六年陳芾，十六年沈嵃，嘉熙二年史宅之並重修有記。」

嘉熙三年（1239）

與吳潛滄浪亭看梅，作《金縷歌》。

淳祐元年（1241）

與馮去非交遊約在此時。

《齊天樂‧與馮深居等禹陵》、《燭影搖紅‧餞馮深居》，因詞中有「十年吳中會」，可知在蘇州交遊。

淳祐二年（1242）

在蘇州，作《六醜‧壬寅歲，吳門元夕風雨》。

淳祐三年（1243）

在蘇州，作《水龍吟‧癸卯元夕》。

秋天

離蘇州，遊杭州。

冬天

在杭州。

《柳梢青‧與龜翁登研意觀雪，懷癸卯歲臘朝斷橋並馬之遊》。

淳祐四年（1244）

在蘇州，作《滿江紅‧甲辰歲盤門外過重午》，冬離開。

《喜遷鶯‧甲辰冬至寓越、兒輩尚留瓜涇蕭寺》，朱鑒「瓜涇港在吳江縣北九里，分太湖支流，東北處夾湧，會吳淞江。」

另有《喜遷鶯‧福山蕭寺歲除》一首。

淳祐五年（1245）

在蘇州。作《聲聲慢‧壽魏方泉》、《永遇樂‧乙巳中秋風雨》

《吳郡志》卷十一《牧守題名》：「魏峻知平江府，淳祐四年到，六年三月除刑部侍郎。」根據夏承燾先生考證，吳文英「此後無蘇州行跡，居蘇始見於紹定五年，先後共十餘載，雖中間淳祐三年一度遊杭，而中年以客蘇為最久；以曾佐倉臺幕，絜家以居也。」〔註49〕

〔註49〕夏承燾《兩宋詞人年譜》，上海古籍出版社，1997 年，第 470 頁。

淳祐六年（1246）

在杭州，作《塞垣春·丙午歲旦》、《瑞鶴仙·丙午重九》、《西江月·丙午冬至》、《水調歌頭·賦魏方泉望湖樓》、《絳都春·李太博趙括蒼別駕》等。

淳祐七年（1247）

作《鳳池吟·慶梅津自畿漕除右司郎官》、《塞翁吟·餞梅津除郎赴闕》。在與尹煥的唱酬中，《漢宮春·追和尹梅津賦俞園牡丹》、《瑞龍吟·送梅津》、《惜黃花慢·次吳江餞尹梅津》皆蘇州作；《水龍吟·壽尹梅津》作於杭州。

淳祐十年（1250）

曾到越州。

《絳都春·題蓬萊閣燈屏，履翁帥越》。

淳祐十一年（1251）

在杭州，作《鶯啼序·書豐樂樓壁》。

豐樂樓：

吳自牧在《夢粱錄》中記載豐樂樓：「舊名聳翠樓，據西湖之會，千峰連環，一碧萬頃，柳汀花塢，歷歷欄檻間，而遊橈畫舫，棹謳堤唱，往往會於樓下，爲遊覽最。……淳桔年，帥臣趙節齋再撤新創，瑰麗宏特，高接雲霄，爲湖山壯觀，花木亭榭，映帶參錯，氣象尤奇。縉紳士人，鄉飲團拜，多集於此。」〔註50〕

按夏承燾先生推論，吳文英此後無杭州行跡，客杭始見於淳祐三年冬，次年夏返蘇州，冬寓越中，皆暫時往還。居杭先後約十餘年。故《鶯啼序》有：「十載西湖」句。

與陳起交遊大約在此時。

〔註50〕【宋】吳自牧《夢粱錄》，《東京夢華錄》（外四種），文化藝術出版社 1998 年版，第 219 頁。

《丹鳳吟‧賦陳宗之芸居樓》。

　　《瀛奎律髓》卷四十《趙師秀贈賣書陳秀才詩》注云：
「陳起，字宗之，睦親坊賣書開肆，予丁未（1247）至行
在所，至辛亥（1251）凡五年，猶識其人。」

開慶元年（1259）夏

在蘇州，作《沁園春‧宋翁賓暘遊鄂諸》。

　　詞中有「松江上，念故人老矣，甘臥閒雲」可知。

景定元年（1260）

在越州，客嗣榮王趙與芮邸。

參考年譜：

夏承燾《吳夢窗年譜》，《唐宋詞人年譜》，上海古籍出版社，1979
年版。

95、李昴英（應舉並仕宦杭州）

李昴英（1201～1257），字俊明，號文溪。番禺人。事跡見李殿
苞《忠簡先公行狀》（清康熙七年刊本《李忠簡公文溪集》附錄）、《廣
州人物傳》卷九《宋吏部右侍郎李忠簡公昴英》，《宋史翼》卷一六有
傳。

寶慶二年（1226）

應試，王會龍榜鼎甲第三名。授任汀洲推官。

嘉熙二年（1238）

陛見（到杭）。後，父喪歸里，離杭。

淳祐六年（1246）

授吏部郎官，歸杭。

淳祐十二年（1252）

知贛州。

寶祐二年（1254）

除大宗正卿，兼國史院編修、寶錄院檢討。（到杭）

寶祐三年（1255）

彈劾盧允升董宋臣不報，遂歸隱。

寶祐五年（1257）

卒。

參考年譜：

李履中編，尹波校點《忠簡公年譜》，光緒刊本《文溪集》附錄。

96、馬廷鸞（仕宦杭州）

馬廷鸞（1222～1289），字翔仲，晚年號玩芳病叟，饒州樂平人。事跡見《宋史》卷四一四本傳。

淳祐七年（1247）

赴臨安應舉，禮部第一。

　　《宋史》本傳：「等淳祐七年進士第」。

淳祐八年（1248）

廷試歸里。待次池州教授，離杭。

寶祐元年（1253）

赴池州教授任，旋召回朝，授都堂審察，辭不就。回池州。（往返匆匆）

寶祐二年（1254）

入京主管戶部架閣。

寶祐四年（1256）

因輪對忤丁大全，被劾罷職。一直家居

開慶元年（1259）

回朝爲校書郎，自此仕途通暢。

咸淳二年（1266）

居母喪歸家。此間有到京師。

咸淳三年（1267）

服闋，回朝，知貢舉。

咸淳八年（1272）

陛辭。己未，辭知饒州，提舉洞霄宮，離杭。

咸淳十年（1274）

八月又至臨安，十一月元軍入臨安，自此隱居。

參考年譜：

舒大剛《馬廷鸞年譜》，據《宋代文化研究》第四輯增訂。

97、謝枋得（應試仕宦杭州）

謝枋得（1226～1289），字君直，號疊山，弋陽（今屬江西）人，本集《疊山集》附錄《疊山先生行實》、《文節先生謝公神道碑》，《宋史》卷四二五本傳。

寶祐四年（1256）

文天祥榜進士二甲第一，不赴。

寶祐五年（1257）

試教官，調建寧府教授，離杭。

咸淳三年（1267）

遇赦歸京。

德祐元年（1274）

任江東提刑，江西招諭使，離杭。

祥興二年（1278）

宋亡。

至元二十一年（1284）

大赦得出。

元至元二十六年（1289）

卒。

參考年譜：

崔驥《謝枋得年譜》，據《江西教育》第七期整理。

98、尹煥（仕宦杭州）

尹煥（1231年前後），字惟曉，號梅津，山陰人，嘉定十年（1217）進士，存詞3首。

淳祐六年（1246）

爲兩浙轉運判官。

　　《咸淳臨安志》卷五零秩官八：「尹煥，淳祐六年運判。」
赴任途徑吳江，和吳文英唱和。吳文英有詞《惜黃花慢》
相贈。是年，兩者轉運司新樓建成，吳文英《聲聲慢·畿
漕廳建新樓上尹梅津》致賀。

淳祐七年（1247）

除左司郎中。

　　《咸淳臨安志》卷五零秩官八：「尹煥，七年除左司。」
吳文英《鳳池吟·慶梅津自畿漕除左司郎官》致賀，作《塞
翁吟·餞梅津除郎赴闕》餞別。

淳祐十年（1230）

除江西判官，離開杭州。

　　俞文豹《吹劍錄外集》：「淳祐十年，江西運判尹煥按
瑞州解試官……」。

99、周密（遊歷並寓居杭州）

周密：（1232-1298），字公謹，號草窗，又號霄齋、蘋洲、蕭齋、晚年號四水潛夫、弁陽老人、弁陽嘯翁、華不注山人。祖籍濟南，先人因隨高宗南渡，流寓吳興（今浙江湖州），置業於弁山南，後寓居杭州。

景定元年（1260）五月

與趙孟堅遊西湖。

> 周密《齊東野語》卷十九「子固類元章」條：「庚申歲，客葦下，會菖蒲節，余偕一時好事者，邀子固各攜所藏，買舟湖上，相與評賞。……薄暮入西泠，掠孤山，艤棹茂樹間，指林麓最幽處，瞠目絕叫曰，此真洪穀子董北苑得意筆也。鄰舟數十，皆驚駭歎絕，以為真謫僊人。」

考證：

《吳夢窗繫年》中考證吳文英大約卒於此年前後，而吳文英有《踏莎行・敬賦草窗絕妙詞》云：「西湖同結杏花盟」，則周密與吳文英訂交於杭州，周密在此年前後涉足杭州應不只這一次。杭州是吳周二人友誼的發生地和見證地，草窗詞《《玉漏遲・題吳夢窗霜花腴詞集》：「淚眼東風，回首四橋煙草。載酒倦遊甚處，已換卻、花間啼鳥。」可見，杭州西湖是二人共同遊覽之地。

景定二年（1261）

入浙西安撫司幕。

> 《癸辛雜識》後集「馬裕齋尹京」條：「馬裕齋光祖之再京尹也，風采益振，威望凜然。……余時為帥幕。」
>
> 清代陸心源輯《宋史翼》卷三十四《周密傳》：「案光祖再尹京在景定二年，據臨安志」。
>
> 《宋史・理宗本紀》謂景定二年十一月丁丑，馬光祖提領戶部財用，兼知臨安府，浙西安撫使，十二月甲午，同知樞密院事，兼太子賓客，知臨安府。

景定四年（1163）

作《木蘭花・西湖》十景。

　　　　陳允平《日湖漁唱》跋云：「右十景，先輩歌詠者多矣，
雪川周公謹，以所作示予，約同賦，因成。時景定癸亥歲也。」

景定五年（1164）

會楊纘諸人結社於西湖楊氏環碧園。

　　　　詞作《采綠吟》序：「甲子夏，霞翁會吟社諸友逃暑於
西湖之環碧。琴尊筆研，短葛練巾，放舟於荷深柳密間。
舞影歌塵，遠謝耳目。酒酣，採蓮葉，探題賦詞。余得塞
垣春，翁爲翻譜數字，短簫按之，音極諧婉，因易今名云。」

　　　　環碧園：據《武林舊事》卷五「北山路」條：「柳州、
環碧園：『楊郡王府。』」

咸淳元年（1265）

爲兩浙轉運司掾。秋天，遊湖，作《秋霄》詞。

　　　　題序：「乙丑秋晚，同盟載酒爲水月遊。商令初蕭，霜
風戒寒。撫人事之飄零，感歲華之搖落，不能不以之興懷
也。酒闌日暮，憮然成章。」

　　　　《清容居士集》卷三三《師友淵源錄》。

咸淳六年（1270）

在杭，認識馬廷鸞。

　　　　馬廷鸞《題周公謹弁陽集》：「余庚午辛未，係官中書，
公謹數過余。」

咸淳九年（1273）

在杭州。

　　　　《柳梢青・約略春痕》題序：「余生平愛梅，僅一再見
逃禪眞跡。癸酉冬，會疏清翁孤山下，出所藏雙清圖，奇
悟入神，絕去筆墨畦徑。」

注：疏清翁，既揚無咎。

咸淳十年（1274）

爲豐儲倉檢察。

《癸辛雜識》前集「陳聖觀夢」條：「咸淳甲戌秋，余未豐儲倉，時陳聖觀過予，爲言邊報日急。」

《癸辛雜識》後集「馬相去國」條：「咸淳甲戌之夏，丞相翻陽馬公廷鸞字翔仲，以翻胃之病，乞去整苦，凡十餘疏始得請。出寓於六和塔。余受公知，間日必出問之。」

王沂孫《淡黃柳》題序：「甲戌冬別周公謹丈於孤山中，次冬，公謹遊會稽……」。

景炎元年（1276）冬

在會稽見王沂孫。

景炎二年（1277）

弁陽家破，終身寓杭。

牟巘《陵陽集》卷十《周公謹復庵記》：「周公謹以復名其山中之庵，間謂予曰，歲丁丑，吾廬破，始去而寓杭。」

祥興二年（1279）

與王沂孫、李彭老、張炎詠龍誕香等物，結爲《樂府補題》。

至元十九年（1282）

遷至西湖邊居住。

《齊東野語》卷十三：「壬午五月二十八日，杭城金波橋馮氏火作，次日勢益張，雖相去幾十里，而人情惶惶不自安。……於是絜家湖濱。是夕四鼓，遂成焦土。」

戴表元《楊氏池堂燕集詩序》，謂周密：「與杭楊承之大受有連，依之居杭。……久之，大受昆弟捐其餘地之西偏，使營別第以居。公謹遂亦爲杭人。」

至元二十三年（1286）三月五日

招王沂孫、戴表元、仇遠等燕集楊氏池堂。

戴表元《剡源集》卷十《楊氏池堂宴集詩序》。

100、張鎡（世居杭州）

張鎡（1153～1211），字功甫，又字時可，號約齋居士，祖籍成紀（今甘肅天水），南渡後居臨安。隆興二年（1164）為大理司直。淳熙十三年（1186）通判臨安府。慶元元年（1195）為司農主簿。鎡藉父祖遺蔭，生活侈汰，於孝宗淳熙二十年（1185）構園林於南湖之濱，和楊萬里、陸游等詞人多有唱和。

> 周密《齊東野語》卷二十有：「張鎡功甫，號約齋，循忠烈王諸孫。能詩，一時名士大夫，莫不交遊，其園池聲妓服玩之麗甲天下，嘗於南湖園作駕霄亭於四古松間以巨鐵絚懸之空半而羈之松身。當風月清夜，與客梯登之，飄搖雲表，真有挾飛仙、遡紫清之意。」

> 《武林舊事》卷十「約齋・泰定軒・南湖」條詳細記載了張鎡卜築南湖的情況。

《昭君怨・園池夜泛》、《霜天曉角・泛池》、《折丹桂・中秋南湖賞月》、《謁金門・賞梅即席和洪內翰韻》、《柳梢青・適和軒》、《柳梢青・秋日感興》、《好事近・擁繡堂看天花》、《玉團兒・香月堂古桂數十株著花，因賦》、《卜算子・無逸寄示近作梅詞，次韻回贈》、《感皇恩・駕霄亭觀月》、《蝶戀花・南湖》、《蝶戀花・挾翠橋》、《鷓鴣天・自興遠橋過清夏堂》、《御街行・燈夕戲成》、《念奴嬌・宜雨亭詠千葉海棠》、《水調歌頭・姑蘇臺》、《祝英臺近・邀李季章直院賞玉照堂梅》、《滿江紅・小圃玉照堂賞梅，呈洪景盧內翰》、《燭影搖紅・燈夕玉照堂梅花正開》、《八聲甘州・九月末南湖對菊》、《念奴嬌・登平江齊雲樓，夜飲雙瑞堂，呈雷吏部》、《柳梢青・西湖》、《朝中措・重葺南湖堂館，小詞落成》均與蘇杭有關。

101、楊纘（世居杭州）

楊纘，約1241年前後在世。字繼翁，嚴陵人，居錢塘。寧宗楊后兄次山之孫。號守齋，又號紫霞翁。好古博雅，善琴，有《紫霞洞譜》。與周密、張樞、施岳等以詞會友。

《采綠吟》:「甲子夏,霞翁會吟社諸友逃暑於西湖之環碧。琴尊筆研,短葛練巾,放舟於荷深柳密間。舞影歌塵,遠謝耳目。酒酣,採蓮葉,探題賦詞。余得塞垣春,翁爲翻譜數字,短簫按之,音極諧婉,因易今名云」。

《咸淳臨安志》卷八六:「環碧園在在豐豫門外柳洲寺側,楊郡王府園。」

《浩然齋雅談》卷下:「楊纘字嗣翁,號守齋,又稱紫霞,本鄞陽洪氏恭聖太后侄楊石之子,麟孫早夭,遂祝爲嗣……洞曉律呂」。

張炎《詞源》卷下:「近代楊守齋精於琴,故深知音律深知音律,有《圈法周美成詞》,與之遊者,周草窗、施梅川、徐雪江、奚秋崖、李商隱,每一聚首,必分題賦曲。但守齋持律甚嚴,一字不苟作,遂有《作詞五要》。」

102、張樞（世居杭州）

張樞,生卒年不詳,字斗南,一字雲窗,號寄閒。張俊五世孫,張炎之父,以善詞名於世。

張炎《詞源》序言云:「昔在先人侍側,聞楊守齋、毛敏仲、徐南溪諸公,商榷音律,嘗知緒餘,故生平好爲詞章。」

張炎所云「先人」指其父張樞,與楊纘、周密多有唱和。周密《瑞鶴仙》詞序記張樞結有「吟臺」,名爲「湖山繪幅」,楊纘「領客落成之」。「湖山繪幅」之名當源於張樞祖父張鎡的「群仙繪幅樓」,是張鎡與楊萬里、陸游、尤袤等名流結社賞玩之地。張樞以此命名新結吟臺,將之作爲詩友雅集之處,並由楊纘率周密等門客落成。張樞是吟社中人,而且還是吟社的組織者之一。時已弱冠的張炎隨父參與社集,亦屬社人。

周密《瑞鶴仙》:「寄閒結吟臺出花柳半空間,遠迎雙塔,下瞰六橋,標之曰,湖山繪幅,霞翁領客落成之。初筵,翁俾余賦詞,主賓皆賞音。酒方行,寄閒出家姬侑尊,

　　所歌則余所賦也。調閒婉而辭甚習，若素能之者。坐客驚
　　訝敏妙，為之盡醉。越日過之，則已大書刻之危棟間矣。」
張樞十首詞作均作於蘇杭。

103、施岳（祖籍蘇州，流寓杭州）

　　施岳，約 1247 年前後在世，字仲山，號梅川，蘇州人。生卒年
均不詳，約宋理宗淳祐中前後在世，精於音律，和楊纘、周密等人常
有詩詞唱酬，後葬於杭州。遺存的六首詞均作於蘇杭。

　　　　周密《武林舊事》卷五：「施梅川墓。名岳，字仲山，
　　吳人，能詞，精於律呂。楊守齋為寺，後樹梅亭以葬，薛
　　悌颷為志，李賡房書，周草窗題蓋。」

104、史達祖（仕宦杭州）

　　史達祖（1163？～1220），字邦卿，號梅溪，祖籍汴（今河南開
封）。寧宗初韓侂冑擅權，為韓堂吏。

　　　　《浩然齋雅談》：「史邦卿，開禧堂吏也。當平原用事，
　　盡握之省權，一時士大夫無廉恥者，皆趨其門，呼為梅溪
　　先生，韓敗，亦貶死。善詞章，多有膾炙人口者。」

105、韓淲（仕宦杭州）

　　韓淲（1159～1224），字仲止，號澗泉，祖籍開封，南渡後隸籍
上饒（今屬江西），元吉子。早年以父蔭入仕，為平江府屬官，後做
過朝官，集中有製詞一道，當官學士。寧宗慶元六年（1200）藥局官
滿。嘉泰元年（一二〇一）曾入吳應試。未幾被斥，家居二十年（《石
屏集》卷四《哭澗泉韓仲止》）。淲清廉狷介，與同時知名詩人多有交
遊，並與趙蕃（章泉）並稱「二泉」。

　　詞作《鷓鴣天・蘭溪舟中》、《浣溪沙・過盧申之》、《朝中措・約
和卿、敬之持醪為文叔生朝》、《醉蓬萊・壽潘漕》、《朝中措・和吳子
似》、《小重山・和吳子似》、《朝中措・平江施倅生朝》、《月宮春・和
吳尉》、《青玉案・西湖路》、《明月棹孤舟・逢子似清河坊市中客樓小

飲》、《醉蓬萊・上太守感皇》、《醉蓬萊・和吳推官》、《謁金門・春早湖山》、《祝英臺近・寒食詞》、《朝中措・寄元立》、《阮郎歸・客有舉詞者，因以其韻賦之》、《好事近・同仲至和探梅》、《虞美人・姑蘇畫蓮》、《虞美人・趙倅酌別靈山閣》均作於蘇杭。

106、劉辰翁（遊學並仕宦杭州）

劉辰翁（1232年～1297）字會孟，別號須溪。廬陵灌溪人。《新元史》卷二三七、《宋季忠義錄》卷一六有傳。

景定元年（1260）

至臨安補太學生，受知國子祭酒江萬里。

> 萬斯同《宋季忠義錄・劉辰翁傳》：「補太學生。江萬里爲國子祭酒，亟稱賞其文。」

> 《宋史・江萬里傳》載，江萬里於景定元年任國子祭酒，辰翁補太學生當在此年。

景定三年（1262）

至臨安赴進士試，廷對得理宗嘉許，請爲贛州濂溪書院山長。

> 其子劉將孫《養吾齋集》卷三十一《梅所王公盆誌銘》：「吾廬陵科第，景定壬戌榜最得人……吾先君子嘗稱同年梅所王公最長者。」

咸淳元年（1265）

江萬里招致來京，母病，還家，作有《聲聲慢・西風墜綠》。

> 萬斯同《宋季忠義錄・劉辰翁傳》：「乙丑，江萬里還樞府，以書招，辰翁奉母來京。數月，母病，還。萬里薦辰翁學宜史館，參政王爚贊之，除臨安府學教授。拔四明戴表元、三衢何新之、三山馬鈞諸生中，後皆名進士。」

咸淳二年（1266）

江萬里罷相，先生罷職，還故里，離杭。

咸淳四年（1268）

由江萬里舉，辰翁又至臨安中書省任職。不久，丁母憂，歸廬陵。

　　這一年的大致經歷，在《須溪集》卷二《虎溪蓮社堂記》有載：「又三年，起，從廬山公江東七閱月。從江東得掌故入修門。四十五日，以優歸。」中書省任職是辰翁一生唯一的一次在朝廷做官。

夏，從臨安歸廬陵。

　　《須溪詞》卷三《金縷曲·聞杜鵑》詞中自注云：「予往來秀城十七八年，自己巳復歸，又十六年矣。」詞是十六年後的甲申年憑弔故都時所作。

成淳五年（1269）三月

江萬里被宋度宗任命爲左丞相，再次由江萬里薦舉，在漕運司任職。

　　《宋史·江萬里傳》「即至，拜左丞相兼樞密使。」

　　《養吾齋集》卷六《遊白紵山》：「咸淳己巳，余年十三，隨侍漕幕。時幕中多名士。」

德祐元年（1275）

十月除太學博士。時元兵三路逼臨安，斷了江西至臨安通道。欲往臨安，不成。十二月，避難于吉水虎溪。

　　《須溪集》卷三《虎溪蓮社堂記》：「德祐初元五月召入館，辭，未行。十月除博士。道已阻。歲晚自永新江轉入虎溪，留虎溪三月矣。」

至元二十一年（1284）春

攜子將孫前往臨安，憑弔故都。途中，將孫作《摸魚兒·甲申客路聞鴒》，辰翁作《金縷曲·聞杜鵑》以和，其中有「十八年間來往斷」句，自注云：「予往來秀城十七八年。己巳夏歸，又十六年矣。」己巳年，指1269年距1269年達十六年。這次故都之行，寫了多首詩詞，如《留京詩》、《戀繡衾·宮中吹蕭》、《江城子·西湖感懷》等。

元大德元年（1297）

《寶鼎現》再憶古都。

參考文獻：

段大林校點《劉辰翁集》，江西人民出版社，1987 年。

劉將孫《養吾齋集》文淵閣四庫全書本。

劉宗彬編《劉辰翁年譜》，據《吉安市專學報》第十八卷第三期增訂。

四川大學 2007 年焦印亭博士論文《劉辰翁研究》。

107、文天祥（仕宦蘇杭）

文天祥（1236～1238），初名雲孫，字天祥，後以字爲名，改字履善，中舉後又字宋瑞，號文山，吉州吉水人。本集《文山先生文集》卷一七《文山紀年錄》，《宋史》卷四一八本傳。

寶祐四年（1256）

文天祥父子三人赴臨安應試。二月朔，禮部開榜，理宗擢爲第一。五月父喪歸家。

開慶元年（1259）九月

入京。

景定四年（1263）

八月，差知瑞州，十一月赴郡。

景定五年（1264）

十一月，召赴行在。

咸淳三年（1267）十二月

赴闕供職。

咸淳七年（1271）

除湖南運判。

咸淳九年（1273）

除湖南提刑。

德祐元年（1275）

八月至闕下，駐兵西湖上。

九月，知平江府，安置家眷於潮音禪院。

德祐二年（1276）

至鎮江，三月一日入眞州城。後開始帶兵征戰，

祥興元年（1278）

被囚，漂泊遊移於各地，十一月至燕京，囚至卒。

遺跡：

文丞相弄與文山寺〔註51〕

文丞相弄位於蘇州市閶門內下塘街北面，東起西角牆，西接戈家弄。明正德十年（1515）爲紀念文天祥而建忠烈祠於此，俗稱文山祠、文丞相祠。嘉靖二十年（1541）年遷祠於舊學前，此處遂稱文山寺。民國初年，將文山寺、潮音禪寺、雲林庵三寺合併，總稱「文山寺」。

參考年譜：

文天祥編，佚名補編，尹波校點《宋少保右丞相兼樞密使信國公文山先生紀年錄》，《文山先生全集》卷一七。

夏延章《文天祥年譜》，《吉安師專學報》，1995 年第一期。

108、蔣捷（遊歷蘇杭）

蔣捷（1245～1314），字勝欲，號竹山，陽羨人。清嘉慶《增修宜興縣舊志》卷八有傳。

〔註51〕潘君明，蘇州街巷文化（修訂本），古吳軒出版社，2012 年 03 版，第 2 頁。

　　蔣捷一生遊蹤不可確考，但是從其作品中可以看出他在蘇杭有行跡。在蘇州詞作《賀新郎·兵後寓吳》、《憶秦娥·闔閭》、《賀新郎·吳江》、《解佩令·舟過吳江》中都可以證明蔣捷在蘇州一帶逗留過，但具體活動無可確考。

德祐二年（1276）

在杭州科舉應試。

　　　　《江南通志》：「元蔣捷字勝欲，宜興人，德祐中進士。
　　元初晦跡不仕，大德中憲使臧臧解、陸垕俱薦其才，不就，
　　博學工詞，學者稱竹山先生。」

　　楊海明先生《關於蔣捷的家世和事跡》考察《宜興縣志》發現有「德祐二年丙子龍澤榜」字眼，並在馬端臨《文獻通考》中查得宋代進士科末科為度宗咸淳十年，該榜狀元正是王龍澤。朱鴻《蔣捷生平考略》，載於《龍岩師專學報》〔註52〕，亦贊同此觀點。

　　在杭州作品較少，《竹山詞》中「西湖」僅出現二次，《春夏兩相期·壽謝令人》、《玉漏遲·翠鴛雙穗冷》、《齊天樂·元夜閱夢華錄》中有對湖山的回憶描寫。

109、張炎（祖籍杭州，遊歷蘇杭）

　　張炎（1248～1320），字叔夏，號玉田，又號樂笑翁，祖籍成紀，居臨安。張俊裔孫。宋亡不仕，縱遊蘇浙東西以終。

至元二十七年（1290）

被迫北行。

淳祐八年（1248）

生於杭州，成長於杭州。

　　　　鄭思肖《玉田詞題辭》云：「吾識張循王孫玉田先輩，
　　喜其三十年汗漫南北數千里，一片空狂懷抱，日日化雨為

〔註52〕《龍岩師專學報》（社會科學版）1991 年 5 月九卷一期。

醉，日仰扳姜堯章、史邦卿、盧蒲江、吳夢窗諸名勝，互相鼓吹春聲於繁華世界，飄飄征情，節節弄拍，嘲明月以諧樂，賣落花而陪笑，能令後三十年西湖錦繡山水，猶生清響，不容半點新愁飛到遊人眉睫之上……」。〔註53〕

曾遊歷到蘇州。

　　戴表元《送張叔夏西遊序》：「玉田張叔夏與予初相逢錢塘西湖上，翩翩然飄阿錫之衣，乘纖離之馬。於時風神散朗，自以爲承平故家貴遊少年不翅也。垂及強士，喪其行資，則既牢落偃寒。嘗以藝北遊不遇失意，峽亘南歸，愈不遇，猶家錢塘十年，久之又去，東遊山陰、四明、天台間，若少遇者，既又棄之西歸。於是子周流授徒，適與相值，問叔夏何以去來道途，若是不憚煩耶？叔夏曰：「不然，吾之來本投所賢，賢者貧；依所知，知者死。雖少有遇，無以寧吾居，吾不得已違之，吾豈樂爲此哉！語竟，意色不能無阻然。少焉，飲酣氣張，取平生所自爲樂府詞自歌之。噫嗚宛抑，流麗清暢，不惟高情曠度，不可褻企，而一時聽之，亦能令人忘去窮達得喪所在。蓋錢塘故多大人長者，叔夏之先，高曾祖父，皆鐘鳴鼎食，江湖高才詞客姜夔堯章、孫季蕃花翁之徒，往往出入館穀其門。千金之裝，列駟之聘，談笑得之，不以爲異。迨其途窮境變，則亦以望於他人，而不知正復堯章、花翁尚存，今誰知之，而準暇能念之者？嗟乎！士固復有家世才華如叔夏，而窮其於此者乎。六月初吉，輕行過門，雲將改遊吳公子季札，春中君之鄉，而求其人馬。予曰：『唯唯』。因次第其辭以爲別。」〔註54〕

德祐二年（1275）

元兵攻陷杭州，元人殺祖父張濡並籍沒其家產。

〔註53〕【宋】張炎著，吳則虞校輯《山中白雲詞》八卷附錄，中華書局1983年排印本，第164頁。

〔註54〕【宋】張炎著，吳則虞校輯《山中白雲詞》中華書局，1983年，第162頁。

《元史‧廉希賢傳》：「明年（按即本），宋亡，獲張濡，殺之。詔遣使護希賢喪歸。後復籍濡家貲付其家。」

劉一清《錢塘遺事》卷八：「丙子二月，廉希賢之子殺張濡，磔之。」

宋亡之後，詞人開始漂泊，從此間所作詞詞序中可知，南歸之後飄搖於杭州寧波蘇州一帶。

《思佳客》：「今古事，古今嗟，西湖流水響琵琶。」

景炎三年（1278）

過錢塘西湖慶樂園即韓侂胄南園故址，賦《高陽臺》。

詞序：「慶樂園即韓平原南園。戊寅歲過之，僅存丹桂百餘株，有碑記在荊榛中，故未有亦猶今之視昔之感，復歎葛嶺賈相之故廬也。」

至元十六年（1279）

與王沂孫周密等 14 人分詠龍涎香白蓮、蓴、蟬、蟹等諸題，編爲《樂府補題》。

韓鑄學詞於張炎。

陸輔之《詞旨》：「薊王孫韓鑄，字亦顏，雅有才思，嘗學詞於樂笑翁，一日於周公謹父買舟西湖，泊荷花而飲酒，杯半，公謹父舉似亦顏學詞之意。翁指花曰：『蓮子結成花自落』。」

至元二十三年（1286）

在杭州作《一萼紅》，賀周密「志雅堂」新居。

詞序：「弁陽翁新居，堂名志雅」。詳見《周密蘇杭行蹤》。

至元二十七年（1290）

北上大都寫金字《藏經》。

《壺中天》序：「夜渡古黃河，與沈堯道、曾子敬同賦」。

《淒涼犯》序：「北遊道中寄懷」。

《長亭怨》序：「歲庚寅，會吳菊泉於燕薊」。

至元三十年（1293）

在杭，遇趙元父，作《憶舊遊》。

> 詞序云：「余離群索居，與趙元父一別四載。癸巳春，於古杭見之，形容憔悴，故態頓消。」

大德三年（1299）

返杭州，作《春從天上來》。

> 詞序云：「己亥春，復回西湖，飲靜傳董高士樓，作此解以寫我憂。」

在杭數月，復起遊興，作《聲聲慢》。

> 詞序云：「己亥歲，自臺回杭。雁旅數月，復起遠興。余舟舟老矣，誰能重寫舊遊編否？」

六月

會戴表元於杭州。戴表元作《送張叔夏西遊序》送其遊蘇州。

冬

在蘇州作《探春慢》。

> 詞序云：「己亥客閶闔，歲晚江空，暖雨奪雪，篝燈顧影，依依可憐。作此曲，寄戚五雲。書之，幾脫腕也」

大德四年（1300）

在吳遇鄧牧。

> 鄧牧《山中白雲詞序》云：「歲庚子相遇東吳，示予詞若干首，使爲序云。」

延祐元年（1314）

寓吳，爲陸處海作墨水仙，並賦《臨江仙》

> 詞序云：「甲寅秋，寓吳，作墨水仙爲處梅吟邊清玩。時餘年六十有七，看花霧中，不過戲縱筆墨，觀者出門一笑可也。」

作《臺城路》餞干壽道應舉。

> 《元史·干壽道傳》：「平江人，首登延祐二年乙科。」干壽道於本年應舉，地在平江也。

延祐二年（1315）

到錢塘，與錢良祐、方子仁、張雨等遊西湖，賦《臺城路》。

> 錢良源《詞源跋》云：「乙卯歲⋯⋯玉田張君來寓錢塘縣志學舍⋯⋯玉田嘗作《臺城路》詠歸杭一詞。」

後，卒於杭州。

參考年譜：

楊海明《張炎詞研究》附錄《張炎年表》，江蘇大學出版社，2010年。

110、王沂孫（遊歷蘇杭）

王沂孫（1240？～1310？），字聖與，又字詠道，號碧山，又號中仙、玉笥山人，會稽人。生年在周密之後，張炎之前。

咸淳十年（1274）

與周密別於孤山。

> 《淡黃柳》詞序：「甲戌冬，別周公謹丈於孤山中。次冬，公謹遊會稽，相會一月又次冬，公謹自剡還，執手聚別，且復別去。悵然於懷，敬賦此解」。

至元二十三年（1286）

在杭，與徐天祐、戴表元、周密等十四人宴集於楊氏池堂。

> 戴表元《剡源集》卷十《楊氏池堂宴集詩序》記載至元二十三年丙戌王沂孫與徐天祐、戴表元、周密等在楊氏池堂唱和之情景。

至元二十四年（1287）

周密得《保母貼》，王沂孫題詩，在趙孟奚谷丁亥（1287）八月跋之後，鮮于樞戊子（1288）再觀之前。

> 《一萼紅・石屋探梅》，《花外集箋注》：「石屋，洞名，在浙江省杭州市南高峰下。董嗣杲《西湖百詠》注：『石屋在大仁院內，錢氏建岩石，虛廣若屋，下有洞路，石上鐫五百羅漢。其屋上建閣二層。』」

參考年譜：

吳則虞《王沂孫事跡考略》，《文學遺產增刊》第七輯。

111、汪元量（祖籍杭州，居於杭州）

汪元量（1241～1317 年後）字大有，號水雲，晚號楚狂。錢塘人。祖籍錢塘。

祖籍杭州。

> 清錢謙益《書水雲集後》云：「錢塘汪元量，字大有，以善琴事謝後及王昭儀。國亡隨之而北。後爲黃冠師南歸。」

> 吳之振《水云詩抄小引》云：「汪元量，字大有，號水雲，錢塘人。」

> 錢士升《南宋書》卷六十二《汪元量傳》云：「汪元量，字大有，錢塘人。」

德祐二年（1276）

隨三宮北行侍奉宋幼主，

> 其詩集後寫道「余自丙子從三宮入燕」，汪元量《自題水云詩後》〔註55〕。

歸杭後爲黃冠南歸，隱居西子湖畔豐樂橋邊，又「數往來匡廬、彭蠡間，若飄風行雲，世莫測其去留之跡，江右之人以爲神仙，多畫其像以祠之。」

迺賢《讀汪水雲集》

南返時間辯證：

孔凡禮 1990 年《關於汪元量〈湖山類稿〉的整理》認爲元量行香爲至元十五年，南返時間爲至元二十二年秋；祝尙書《汪元量〈湖山類稿〉佚跋考》則認爲行香爲至元十四年，元量南返在至元二十三年或稍前。

歸杭之旅持續了很長一段時間，到杭的具體時間難以確認。

〔註55〕祝尙書《汪元量〈湖山類稿〉遺跋考》，《書品》，1995 年 3 期。

《湖山稿》卷四《南歸對客》一詩：「北行十三載，癡懶身羈孤。勒馬向天山，咄咄空踟躕。穹陰六月內，白雪飛穹廬。冷氣刺骨髓，寒風割肌膚。饑餐棗與栗，渴飲酪與酥。棄之勿復言，言之則成迂。前年走河北，荊榛鬱丘墟。夜宿古戰場，鬼物聲鳴鳴。去年及淮南，黃塵翳行裾。長流漂白骨，滿目皆畏途。今年歸湖山，喬木依故居。堂前雙老親，粲粲色敷腴。壁間豈無琴？床頭亦有書。友朋日過從，可嬉仍可娛。開軒耿晴色，梅花繞庭除。呼兒斫海鯨，新篘酒盈壺。偶而得生還，相對真夢如。萬事一畫餅，百年拤髭鬚。向來誤儒冠，今也無壯圖。且願休王師，努力加飯蔬。」

馬廷鸞《書汪水云詩後》：「余在武林，別元量已十年矣，一日，來樂平尋見，余且臥病，強欲一起迎肅，不可得也。家人引元量至榻前，相與坐語，恍如隔世，戚然有所感焉。元量出示湖山稿，求余為序。展卷讀甲子初作，微有汗出；讀至丙子作，潸然淚下；又讀至醉歌十首，撫席慟哭，不知所云。家人引元量出，余病復作，不能為元量吐一語，因題其集曰詩史。三月十一日，碧梧馬廷鸞翔仲。」〔註56〕

參考年譜：

汪元量著，孔凡禮輯校《增訂湖山類稿》，中華書局，1984年版。
《孔凡禮古典文學論集》，學苑出版社，1999年版。

112、陳允平（遊歷蘇杭）

陳允平（1205？～1280？），字君衡，一字衡沖，號西麓，四明人。約與楊纘、吳文英同輩。少從楊簡學，試上舍不遇，遂放情山水，往來吳淞淮泗間。淳祐三年為餘姚令，罷去，往來吳越間，並留杭甚久，放浪山水。《兩宋名賢小集》卷三一五有傳。

〔註56〕孔凡禮校輯《增訂湖山類稿》，中華書局，1984年，第186頁。

　　　　陳廷焯《白雨齋詞話》卷二：「西麓《西湖十詠》，多
感時之語，時時寄託，忠厚和平，真可亞於中仙。下視草
窗十闋，直不足比數矣。……《秋霽・平湖秋月》云：『對
西風、憑誰問取，人間那得有今夕。應笑廣寒宮殿窄。露
冷煙淡，還看數點殘星，兩行新雁，倚樓橫笛。』……似
此之類，皆令人思。讀之既久，其味彌長。諸詞作於景定
癸亥間，閱十餘年，宋亡矣。」

　　《摸魚兒・西湖送春》、《大酺・元夕寓京》、《木蘭花慢・和李簣
房題張寄閒家畫韻》、《寶鼎見・雲岩師書燈夕命賦》、《畫錦堂・北城
韓園即事》、《糖多令・吳江道上贈鄭可大》、《清平樂・鳳城春淺》、《瑞
龍吟・長安路》、《風流子・闌干休去倚》等等都作於蘇杭。

113、陳人傑（流寓杭州）

　　陳人傑（1218～1243），又名經國，號龜峰，字剛父，長樂人。曾
寓居臨安，又遊歷兩淮湖湘等地，逗留蘇州一段時間，最後回到臨安。

　　　　《沁園春》詞序：「弱冠之年，隨牒江東漕闈，嘗與友
人暇日命酒層樓。不惟鍾阜、石城之勝，班班在目，而平
淮如席，亦橫陳樽俎間。既而北歷淮山，自齊安溯江泛湖，
薄遊巴陵，又得登岳陽樓，以盡荊州之偉觀，孫劉虎視遺
跡依然，山川草木，差強人意。洎回京師，日詣豐樂樓以
觀西湖。因誦友人『東南嫵媚，雌了男兒』之句，歎息者
久之。酒酣，大書東壁，以寫胸中之勃鬱。時嘉熙庚子秋
季下浣也」。

　　《沁園春・吳興懷古》、《沁園春・同前韻再會君鼎飲，因以為別》、
《沁園春・浙江觀瀾》、《沁園春　贈陳用明》、《沁園春・送宗人景召
遊姑蘇》、《沁園春・送鄭通父之吳門謁宋使君》、《沁園春・詠西湖酒
樓同林義倩遊惠覺寺，衲子差可與語，因作葛藤語示之》、《沁園春・
鐃鏡遊吳中》、《沁園春・姑蘇新邑有善為計然之術者，家用以肥》均
作於蘇杭。

114、王仲甫（流寓蘇州）

王仲甫，字明之，曾客居蘇州。

《中吳紀聞》卷四「王仲甫，字明之。歧公之猶子。風流翰墨，名著一時，後客於吳門。」

115、沈端節（仕宦杭州）

沈端節，字約之，號克齋，吳興人，寓居溧陽。乾道八年（1172），沈端節專管官告院，《宋會要輯稿》職官一一之七三載：「乾道八年十二月二十九日，主管官告院沈端節言……」。直至淳熙三年，知衡州。

詞《謁金門・真個憶》、《謁金門・尋勝去》、《念奴嬌・湖山照影》作於杭州。

備註：

另有宋祁赴杭州時間未能確考，晏殊是否赴杭不能確考，姑且繫於此，以備後考。

宋祁（998～1061）字子京，安州安陸（今湖北安陸）人，後徙居開封雍丘（今河南杞縣）。《宋史》卷三零三有傳。

慶曆三年（1043），宋祁以龍圖閣學士知杭州，留侍翰林學士。

《宋人軼事彙編》引《詞林紀事》引《古今詞話》，記載：「景文過子野家，將命者曰：「尚書欲見雲破月來花弄影郎中。」子野內應曰：「得非紅杏枝頭春意鬧尚書耶？」〔註57〕張先家在湖州，宋祁既到過湖州，或許正是此次亦到杭州。

宋祁《宋景文集》卷十四，有詩《上春晦日到西湖呈轉運叔文學士》、《傷和靖林先生君復二首》，可知宋祁生年到過杭州。

晏殊（991-1055），字同叔。撫州臨川人。《宋史》卷三百一十一，列傳第七十本傳。

《能改齋漫錄》卷十：「晏元獻公赴杭州，道過維揚，憩大明寺……」，載王琪在晏殊赴杭州途中知遇晏殊，《詩人玉屑》卷十，《漁

〔註57〕丁傳靖輯《宋人軼事彙編》卷七，中華書局，1981，第311頁。

隱叢話》後集二十引《復齋漫錄》皆同。與《宋史》三一二王琪本傳
不同。《漁隱叢話》後集卷二十在引文之後云：「昭陵諸臣傳，元獻不
曾知杭州，復齋乃云元獻赴杭州，道過維揚。豫章先生傳，山谷崇寧
四年，卒於宜州路。所紀皆誤也。」可知晏殊是否到過杭州難以定論。

　　夏承燾先生《二晏年譜》，晏殊和晏幾道均無蘇杭行跡，按《吳
郡志》晏殊另一兒子晏知止元豐元年以尚書司封郎中任吳郡太守。此
時晏殊已卒，而晏幾道已四五十歲，難以考證小晏是否到過蘇杭。

第四章　宋詞人蘇杭行跡理論思考

　　文化傳承最重要的不是符號，而是人。蘇杭對於兩宋詞人的意義，對於宋詞意象、意境以及藝術風格的影響；詞人對蘇杭的嚮往與流連，對蘇杭的建設與宣揚，所有的歷史事實和文學軼事都沿著兩宋詞人在蘇杭的行跡，一一追溯、探尋、考證，逐步清晰地浮出歷史水面。我們有必要在行跡考證和匯總的基礎上對宋詞、詞人與蘇杭的相互關係加以深入思考和挖掘。

　　隔著千年的時光，在宋詞的含蓄模糊中，去叩訪詞人在蘇杭這兩座煙水迷離的江南都郡中的行跡，垂虹橋下的仰望，太湖煙波裏的歡息，西湖瀲灩春陽裏的歡聲笑語、淺斟低唱，一切都像一葉扁舟滿載著詞人對蘇杭的情感和心事在暮靄沉沉中慢慢從文獻中越來越近，長眠的人文、歷史和自然共同經歷蘇醒。因爲宋詞的蘊藉婉約，因了詞人情感的濃重深鬱，因了蘇杭沉積的悠久情韻，這樣的尋訪之旅勢必是緩慢詩意而又感慨萬千的。

　　爲何有如此多的詞人追慕蘇杭？他們爲何而來，又在蘇杭度過了何許歲月，他們敏感的觀察力和感受力在蘇杭看到了什麼，聽到了什麼，又遺留了怎樣的典故和痕跡？他們對於這兩個風情萬象的城市寄予了何種情感？時間、地點、人物、作品四個要素交匯融合，再現了宋代蘇杭在詞史上的特殊地位，也昭示了宋代詞人與詞作對於蘇杭兩

個城市的精神塑造所起的作用。蘇杭作爲當時的文化中心（政治經濟中心），承載了詞人的生存發展與喜怒哀樂，而詞人的足跡、筆跡烙印在宋代蘇杭的歷史上，點綴了蘇杭也豐富了蘇杭。

第一節　詞人蘇杭行跡綜述

　　上一章，我們考察和匯總了宋代 115 位詞人的蘇杭行跡，在對宋詞、詞人與蘇杭的關係進行挖掘之前，先略作總結和歸納。爲方便統計分析，我們根據詞人來蘇杭的原因，把詞人蘇杭行跡大致分爲祖籍、仕宦、遊賞、流寓四類。其中，路過因停留時間的短暫和所從事活動的有限，暫歸爲遊賞；另外，蘇過兩次來杭均是因父親蘇軾仕宦杭州跟隨而來；晁補之也是因父親任職杭州而在杭州結識蘇軾，他們在杭州無官職，也非出於本身原因的流寓，暫歸爲遊歷一類。而南宋紹興十二年臨安建立太學後，遊學於杭也成爲詞人蘇杭遊蹤的一類，考慮到遊學的直接目的是踏上仕途，因此遊學蘇杭亦歸爲仕宦類；因爲杭州在南宋時期的特殊地位，儘管有一些詞人並非在杭州爲官，但其觀見和入對也是因仕宦的原因而到杭州，帶有濃重的政治意義，所以一律歸爲仕宦。

　　因仕宦來到蘇杭的詞人是人數最多的一類。具體而言，因仕宦而涉足蘇杭者 80 人，需要具體說明的是陳亮淳熙五年（1178）詣闕上孝宗皇帝書，隆興元年（1183）王庭珪以布衣身份被召赴臨安都按仕宦杭州統計。詳細來分，仕宦蘇杭者 23 人，只仕宦杭州者北宋 7 人，南宋 43 人；只仕宦蘇州 6 人，均在北宋時期。就仕宦而言，有兩個突出現象：第一，兩宋時期先後仕宦蘇杭的士大夫較多，而且多爲當世名流，文學或文化修養普遍較高，其在蘇杭的傳聞軼事也多與文化休閒相關。同爲江南並蒂名郡，蘇杭關繫緊密，在杭州成爲京城之後，蘇州作爲京師文化圈的周邊輔助城市，也得而益彰。紹興間官中書舍人《陳漢知平江府制》云「平江吾股肱郡，遴選所付，必惟其人」。

〔註1〕而杭州自吳越國歸屬宋王朝，宋初朝廷對新首富的南方地區在政治上約束緊嚴，南方人不得任南方官。「兩蜀、嶺表、荊湖、江、浙之人，不得爲本道知州、通判、轉運使及諸事任。」〔註2〕蘇杭官員多選朝廷持重官員，范仲淹、趙抃、蘇軾都是如此。此外，蘇杭所處的江南本身文化氣息濃厚，閒雅之風悠久，文學氣氛濃重。守郡者本身已資質不凡，處於地上天堂的環境之中，人文遺跡長期薰染，與當地名流結交，外在的接觸成爲內在審美逐步轉化的契機，審美意識日益提高。觸目佳麗，胸中錦繡，主體對情感的性質和所關注的方向受到新的審美意識的規範，文學修養自會提高。第二，南宋仕宦杭州的詞人數量遠遠超過北宋，再次證明作爲南宋都城的杭州在詞學史上的中心地位。宋代士大夫治天下，「學而優則仕」的言論得到空前的肯定，走進京城便接近了權力中心，在士大夫的價值觀中即是接近了自己所追求的目標。京城所具有的得天獨厚的政治功能和籠罩的成功光環對士大夫有著強大的吸引力。它所代表的機遇和成功的無限可能使其迅速成爲一個國家精英和人才的聚居之地。在這人文薈萃的中心，文學作品的多產也是必然的結果。

　　詞人中，本爲異鄉客卻選擇或試圖選擇蘇杭作爲人生之歸宿者即流寓於蘇州者 11 人，杭州 7 人。流寓杭州的詞人分別是潘閬、李清照、孫惟信、姜夔、周密、陳人傑，其中潘閬是不捨杭州的美景，《酒泉子》對杭州湖山勝景的描摹和讚美是其眞情發自內心的宣泄。李清照的寓居杭州是北宋沒落的延續，是宋王朝一段歷史的印痕，是南宋不堪序幕揭開的楔子。南渡詞人跨越兩朝，如葉夢得、張孝祥、李綱等大部分詞人均成爲南宋立朝時期的中堅力量，他們的能力在南宋得以繼續延續。唯有李清照，一介婦人，失去了安身立命的地方，南渡

〔註1〕【宋】張孝祥《于湖居士文集》卷一九，海古籍出版社，1980 年，第 191 頁。

〔註2〕【宋】李燾著，【清】黃以周等輯補《續資治通鑒長編》卷二三，「太平興國七年十二月」條，轉引自曾棗莊、劉琳編《全宋文》(第二冊)，巴蜀書社，1988 年，第 384 頁碼。

後漂泊孤淒，在男性詞人撐起新朝廷的同時，她承載了同時代人隱藏在背後的亡國流寓之痛。宋王朝屈居於南方的半壁江山，而身為婦人的李清照家破人亡之後也只得棲身於在杭州為官的親戚之家。孫惟信追慕林逋而隱居西湖之畔，他的流寓是對杭州城市精神的嚮往。姜夔一生布衣廣交名流，浪跡江湖，寄食名流。儘管他不汲汲於功名，但是他的物質和精神所賴以生存的依靠都可在杭州得到。在這裏，他得以飽腹，更可以以詩詞會友。「四海之內，知己者不為少矣，而未有能振之於窶困無聊之地者。」《自敘》〔註3〕中也透露出對生活困苦的淒涼之意，是他清高生活中的難言之處，他實在需要一處能讓他消除生活的後顧之憂而安心藝術的地方，最佳之選無疑是都城杭州。說姜夔寓居杭州，更正確的應是他卒於杭州，葬於杭州。他的藝術精神凌駕於物質生活之上，獨立於當時的時代，自然也不會固定於一個地點。周密、陳人傑的寓居杭州則代表了移民詞人對於故國的依戀和亡國後的漂泊無依。周密在弁陽家破之後，終身寓杭。陳人傑曾寓居臨安，又遊歷兩淮湖湘等地，逗留蘇州一段時間，最後回到臨安。潘閬、李清照、孫惟信、姜夔、周密、陳人傑分別代表了杭州在北宋初期、兩宋之交和南宋末期三個時間點上的城市狀態，他們的詞和人生闡釋了杭州在宋代的發展與變遷。

　　寓居蘇州者有王仲甫、蘇舜欽、賀鑄、孫覿、蔣堂、米芾、韓世忠、趙磻老、劉過、張拭、魏了翁。從統計數據可以看出，寓居蘇州者兩宋各個時期都有。蘇州在兩宋時期均是名郡，其身份地位不像杭州有天翻地覆的變化，政治因子在這個城市的變遷中不是主要元素。以蘇舜欽為例，儘管他因政治打擊而灰心寓居蘇州，蘇州既不是其遭遇打擊的地方，也不是其祖籍之地，他在蘇州建滄浪亭，把這裏作為人生歸宿只是因為這裏的花草景物可以蕩滌心胸，可以安放靈魂。魏了翁以浙東安撫使就醫於平江，卒後仍賜第於平江安葬。蔣堂兩次守

〔註3〕　【宋】周密著，張茂鵬點校《齊東野語》卷十《姜堯章自敘》，中華
　　　　書局，1983 年，第 211 頁。

蘇，遂謝事以禮部侍郎致仕，家於靈芝坊。一個外地人因喜愛某一地區而百加題詠，並終老於此，可見宋代蘇州作為天堂的魅力之大。劉過一生遊歷各地，晚年歸依朋友而卒於蘇州崑山。賀鑄、孫覿、韓世忠都是感於蘇州的景致而選擇蘇州作為定居地，其中賀鑄與韓世忠未能老於蘇州，而分別卒於常州和杭州。另外，吳文英儘管沒有選擇蘇州作為安身立命之處，《點絳唇·有懷蘇州》一句「可惜人生，不向吳城住」，對不能老於蘇州而深感惋惜，眷戀甚深。「蘇州士大夫寓居者多。」〔註4〕而蘇州歷史文化悠久和適宜居住的環境是詞人選擇作為歸宿地的主要原因。

就遊歷而言，非仕宦和流寓而單純路過蘇杭或專門遊歷、遊賞蘇杭的一共 31 人，其中遊賞蘇州 11 人，杭州 5 人，蘇杭均有遊賞者 15 人。遊賞蘇杭者有潘閬、柳永、姜夔、劉過、張炎、張鎡、周密、蔣捷、王沂孫、仲殊、秦觀、揚無咎、陳人傑，他們的共同特點是官位不顯達，一生多漂泊於各地。而僅僅遊賞蘇州者蘇軾、辛棄疾、張鎡、米芾、蔡襄、陳與義、張元幹、周邦彥、王十朋、陸游則是多仕宦於杭州或居於杭州，或因公事或仕宦路上經過蘇州，或在杭州為官時路途順便而到此一遊。僅遊歷杭州者有張先、陳師道、陳三聘、施岳、陳允平五人，其中張先來往杭州次數之多，逗留杭州時間之久都非他人可比，多為和友人聚會唱酬而去。陳師道是元豐四年秋八月就捨錢塘，陳三聘和施岳則都是蘇州人，長期遊歷在都城，施岳更是葬於杭州。陳允平試上舍不遇，遂放情山水，往來吳淞淮泗間。淳祐三年為餘姚令，罷去，往來吳越間，並留杭甚久，放浪山水。除了對杭州山水的留戀，在都城杭州逗留遊歷也是對人生追求挫敗的痛苦徘徊和不甘。

在考察的 115 位詞人中，有一個特例即歐陽修。歐陽修從未到過杭州，但是創作了對杭州城市描摹最到位、概括最精確、享譽古

〔註4〕【宋】江少虞《宋朝事實類苑》卷五四，上海古籍出版社，1981 年，第 704 頁。

今的《有美堂記》，而杭州對這位素昧謀面的詞人也有以歐陽修的名號六一居士來命名的六一泉，因此歐陽修和杭州緣分頗深，未曾涉足已結緣如此，未曾涉足也是杭州城市史的一大遺憾。概觀兩宋著名詞人，沒有明確蘇杭行蹤的只有晏幾道、黃庭堅、李之儀三位。

元至順三年（1332）石岩爲周密《志雅堂雜鈔》所作序中說：「南宋詞人浙東西特盛，翁浸淫乎前輩，商榷乎朋儕，故詞爲專門，而不僅詞也。」〔註5〕我們把觀察的視角從浙東西的大範圍聚焦到蘇杭兩郡，所得到的數據更是蘇杭和宋詞有特殊緣分的充分證據。蘇杭者18人，其中蘇州10人，杭州人8，其中不乏周邦彥、張炎這一類在詞史上地位顯著的一流詞人，更有張樞、張鎡、楊纘等對後來格律派影響甚大的早期結社詞人，而吳潛、葉夢得等愛國詞人也是南宋詞壇中的主流力量。

詞人或生於蘇杭，或仕宦蘇杭，或遊歷蘇杭，甚至流寓於此，通過以上數據可以充分看出在兩宋詞發展的長河之中，蘇杭兩郡於詞人，於宋詞意義之重大！以上只是從力所能涉及的文獻資料中可以找出明確蘇杭行蹤的詞人統計，論文時間倉促，統計者能力所限，視野所轄的主觀原因，宋代文獻資料佚散的客觀原因，都使得詞人的一些行蹤無從考證，因而宋代詞人中和蘇杭有關係的詞人肯定比所統計數字要多很多。以晏殊爲例，晏殊的杭州之行在宋代就已經成爲難以定論的問題。《能改齋漫錄》卷十云：「晏元獻公赴杭州，道過維揚，憩大明寺……」，〔註6〕據此而言，晏殊應該有杭州行蹤，王琪在晏殊赴杭州途中知遇晏殊。《詩人玉屑》卷十，《漁隱叢話》後集二十引《復齋漫錄》皆有此說。但此說與《宋史》卷三一二王琪本傳不同。而《漁隱叢話》後集卷二十在引文之後又云：「昭陵諸臣傳，元獻不曾知杭州，復齋乃云元獻赴杭州，道過維揚。

〔註5〕轉引自夏承燾《唐宋詞人年譜》，中華書局，1979年，第320頁。
〔註6〕【宋】吳曾《能改齋漫錄》卷十，中華書局，1985年第1版，第266頁。

豫章先生傳，山谷崇寧四年，卒於宜州路。所紀皆誤也。」〔註7〕
可知胡仔通過《復齋漫錄》對於記載黃庭堅之誤筆而推斷晏殊之行
也是誤記，且不論胡仔如此推斷是否合理，知遇王琪是否在杭州路
上，在其知南京之時，於公於私有杭州之行都無可厚非，是極有可
能的。

　　再說晏幾道，晏殊另一兒子晏知止元豐元年以尚書司封郎中任吳
郡太守。此時晏殊已卒，而晏幾道已四五十歲，剛經歷了牢獄之災，
流離失所的小晏也難免不會去投靠在蘇州爲官的兄弟。

　　作爲文學闡發，我們可以作此推測，而作爲考證文章，則需要明
確的事實說話，因此本文在耙梳所能涉獵的資料之後，確實沒有發現
明確記載二人蘇杭之行的文獻資料，因此我們沒有把二晏作爲考察對
象。同樣的情況還有黃庭堅和李之儀，他人的記錄中沒有關於二人蘇
杭之行的資料，而本人的文集中，也沒有明顯的蘇杭景物描寫，只好
姑且將其置於兩宋大詞人中少數沒有到過蘇杭者之列。

　　考察詞人在蘇杭的遊蹤並非單單以作品的價值來作爲目的。有宋
一代，蘇杭已經不僅僅是作爲一個城市的地理名稱，不再只是一個單
純的城市，而是江南文化的代表，代表一種閒雅，一種婉約柔靡的風
情。詞人到蘇杭或許不一定當時當地就要創作出一個具體的作品，而
是蘇杭本身的氣質被接受，進而影響到詞人的心境、視野和作品風
格。在宋詞中，蘇杭的意義已經超越了作爲一個城市的地理意義，而
更多的代表著一種「天堂」文化符號。正如今人對於天安門的膜拜，
人們嚮往的不是雕梁畫柱、時時維修的城樓，甚至也不是毛澤東畫
像，而更多的是對於歷史的積澱，對於政治力量的嚴肅而靜穆的瞻
仰。去天安門的意義，不在於你看到了什麼，彷彿是一個神聖的必經
的過程，是一個被披上了重大意義的事件，「到過」本身就已經意義
非凡。所以我們有必要統計宋代詞人的蘇杭遊蹤，一方面可以看出蘇

〔註7〕【宋】胡仔《苕溪漁隱叢話》後集卷二十，人民文學出版社，1962
　　　　年，第142頁。

杭在宋代無尚的號召力和影響力，也可以看出宋人對蘇杭的膜拜，對於文化的追從，對於天堂的娛樂環境的嚮往。

反過來講，詞人對於蘇杭的影響，也不單純在於是否創作了多少涉及蘇杭和作於蘇杭的詞作，以蘇軾和范仲淹爲代表的著名詞人更多的是以其自身的魅力來影響蘇杭，爲蘇杭的文化底蘊增添更多的內容，使蘇杭的某種精神得以光大傳播，某一物質得以更加受關注。他們的到來已經不需要用作品來證明，而是到來本身就對蘇杭是有意義的。當然，這主要是對影響比較大的作家而言的。詞人在蘇杭的遊蹤四種類型是有相互交叉的，比如以蘇軾爲例，他兩次在杭州擔任公職，出差途中到蘇州一遊；范仲淹籍貫爲蘇州，並曾經在蘇州和杭州都擔任過官職。也有一些詞人，如錢惟演、沈括等，籍貫爲蘇杭，但是可能終其一生都遊宦於外地。鑒於宋代蘇杭作爲「地上天堂」其餘城市所不可比擬的優越條件，聲譽在外的名氣，對於文人具有強烈的吸引力，尤其是到南宋之後杭州作爲都城，以都城爲中心的文化圈自是一個國家最活躍的地域，儘管此時蘇州在經濟和政治地位上無法比擬於杭州，然而蘇州轉而以悠久的人文歷史而別具特色，再加上臨近都城的地理優勢，到過杭州的文人除了林逋等少數十幾年不到城裏的異數，絕大多數的詞人是不吝於到蘇州一遊的。他們的到來和所創作的作品本身就是對蘇杭影響力的一種提升。

附表：

仕宦 80	蘇杭 23	范仲淹、王琪、司馬光、舒亶、孫覿、李光、胡舜陟、呂本中、向子諲、蔣璨、陳康伯、虞允文、洪適、韓彥古、張孝祥、程珌、盧祖皋、徐鹿卿、吳淵、吳潛、韓彪、文天祥、吳文英
	蘇州 6	王禹偁、丁謂、張先、王安石、舒亶、胡松年、鄒浩
	杭州 52 北宋 9	柳永、趙抃、蔡襄、蘇軾、毛滂、鄭獬、葛立方
	南宋 43	葉夢得、王庭珪、朱敦儒、李綱、洪皓、鄭剛中、韓世忠、陳與義、張元幹、趙磻老、

		潘良貴、岳飛、王十朋、洪邁、陸游、趙彥端、范成大、周必大、尤袤、楊萬里、朱熹、張栻、辛棄疾、陳亮、危稹、崔與之、易祓、甄德秀、魏了翁、劉克莊、陽坊、江萬里、余玠、方岳、李昴英、馬廷鸞、謝枋得、尹煥、張鎡、史達祖、劉辰翁、汪元量、沈端節
流寓 16	蘇州 11	蘇舜欽、王仲甫、賀鑄、孫覿、趙磻老、蔣堂、米芾、韓世忠、張栻、劉過、魏了翁
	杭州 7	潘閬、李清照、孫惟信、姜夔、周密、陳人傑、陳允平
籍貫 18	蘇州 10	范仲淹、丁謂、李彌遜、仲殊、范成大、陳三聘、吳感、吳潛、葉夢得、施岳
	杭州 8	錢惟演、沈括、周邦彥、張樞、張炎、汪元量、張鎡、楊纘
遊歷 30	蘇杭 12	潘閬、柳永、姜夔、劉過、張炎、張鎡、周密、蔣捷、王沂孫、仲殊、秦觀、揚無咎、陳人傑
	蘇州 13	蘇軾、辛棄疾、張鎡、秦觀、米芾、蔡襄、陳與義、張元幹、周邦彥、王十朋、陸游
	杭州 5	蘇過、晁補之、陳師道、陳三聘、施岳、陳允平、張先
其它	歐陽修摹寫杭州、張耒應省試於蘇州。	

第二節　詞人追慕蘇杭原因探討

　　「吳越暖景，山川如繡」〔註8〕。宋代的蘇杭，憑藉其繁庶的經濟、如畫的山水、人文薈萃的文化，從江南諸郡中脫穎而出，成爲世人稱譽和嚮往的「地上天堂」，聲名在外的蘇杭吸引著一批批世人前來觀光膜拜。通過上一章詞人蘇杭行跡考證和匯總，可以明顯看出兩宋時期的主要詞人除卻晏殊、黃庭堅和李之儀，幾乎都有過蘇杭之行。我們考證的還只是一部分作品數目較大的詞人，《全宋詞》收錄了 1330 多名詞人的詞作，考察這些詞人的行蹤遊記，絕大多數詞人都在蘇杭留下過自己的腳印，蘇杭的景物、歷史、人文刺激著詞人敏感的神經，也成就了幾千首璀璨的蘇杭詞作。一首首蘇杭詞就是一部

─────────────────

〔註8〕【宋】周淙、施諤《南宋臨安兩志》，浙江人民出版社，1983 年，第185 頁。

部回憶錄，鐫刻著詞人們對蘇杭的嚮往，記錄著他們在蘇杭的行蹤和經歷，影響著他們的視野和題材風格，流傳著他們纏綿旖旎的風月佳話。爲何宋代的詞人如此追慕蘇杭，這些奔赴蘇杭的身影背後有怎樣的文化意蘊？

探其源，方能知其行。除卻蘇杭作爲「地上天堂」的魅力，從主體著眼考察兩宋詞人對蘇杭的嚮往和奔赴，原因有四：

第一，追逐享樂風雅的社會心理

撇開宋代文化的特點去探討宋代詞人對蘇杭膜拜的原因，那無異於緣木求魚。蘇杭之於宋代的意義是很複雜的，即使到南宋，杭州作爲當時的都城，世人對杭州的膜拜仍然不僅僅局限於前代對於政治中心自發的崇拜。蘇杭不同於以前的北方都市，它們所代表的是一種輕鬆富饒的的江南文化，正與宋代追逐享樂和風雅的意識暗暗相合。終宋一代，文人士大夫的文化心理都顯得靜弱而不雄強，其人生追求和生活理想向內收斂而不向外擴張。繆鉞先生曾說：「六朝之美如春華，宋代之美如秋葉；六朝之美在聲容，宋代之美在意態。」〔註9〕劉熙載認爲詞「雖小卻好，雖好卻小。蓋兒女情多，風雲氣少」，表明的都是宋代文人的審美觀照對象，已從唐代的大漠雄鷹轉向了花前月下，崇尚的美學類型從熱烈、雄壯和動感而一變爲舒緩、纖柔和沉靜。相對於唐代詩人歌詠的邊疆壯志，宋代文人更喜愛世俗歡樂。宋代俗文化興盛，市民文化的崛起使得宋人的文化心理偏重於現實生活的的快樂、閒適與世俗安逸。所謂社會生活世俗化、平民化，是社會內部一種內在流動，表現爲貴族與平民城市社會生活空間的開放以及貴族與平民城市社會生活內容的趨同，這種趨勢在宋代得到明顯的彰顯。南宋的都城杭州遠遠沒有前代都城的肅穆，君民關係也顯得更加和諧，如禁內會從民間招買食物，《武林舊事》卷七「乾淳奉親」條記載：「皇室隨時宣喚在湖買賣等人。

〔註9〕繆鉞《詩詞散論》，上海古籍出版社，1982年，第14頁。

內侍用小綵旗招引，各有支賜……太上特宣上船起居，念起年老，賜金錢十文、銀錢一百文、絹十匹，仍令後苑供應泛索。」〔註10〕皇帝也時常與民同樂：「淳熙間，壽皇以天下養，每奉德壽三殿，遊幸湖山，御大龍舟。……時承平日久，樂與民同，凡遊觀買賣，皆無所禁。畫輯輕舫，旁舞如織。〔註11〕。市民文化就是藝術地表現了市民主體的現實欲望和態度。在市民文化中，藝術與生活之間沒有超然的審美距離，藝術即為生活。市民文化的三大特點即娛樂性、享受性和對愛情的追求主導著宋代的審美追求。宋代社會重節令，文人喜歡冶遊，民眾追捧熱鬧。宋代的蘇杭生活是典型的閒雅富饒的宋型市民生活的寫照。《武林舊事》卷三《西湖遊幸》載：「西湖天下景，朝昏晴雨，四序總宜。杭人亦無時而不遊，而春遊特盛焉」，四時遊覽湖山，為杭人生活中的樂趣，即使平民也不例外。南宋詩人楊萬里所贊「戶戶遊春不放春，只愁春去不愁貧」（《寒食雨中，同舍約遊天竺，得十六絕句呈陸務》），指的正是杭人樂於享受自然美景的癡狂。順應這一社會心理的變化，宋人對於山水之美的欣賞焦點已經由唐代的「名山大川」和塞北雄壯之景而轉為青睞「小橋流水」的江南秀逸之景。宋詞中對都市生活的繁華渲染，對江南山水的明麗點染，都是宋代文化享樂意識加強的體現。

　　趙宋王朝是文人治天下，作為宋代統治階級上層的文人士大夫，多是通過科舉走上仕途，本身文化修養較高，書卷的素染，藝術的陶冶，學術的浸漸，使宋代上層社會處於一種濃鬱的人文氛圍之中，他們醉心當時「矮紙斜行閒作草，暗窗細乳戲分茶」（陸游《臨安春雨初霽》）的閒雅情趣，是「秦弦絡絡呈纖手。寶雁斜飛三十九。徵韶新譜日邊來，傾耳吳娃驚未有」（賀鑄《木蘭花》）的歡娛閒適。宋代文人遊山玩水多冶遊，即攜妓遊山玩水，尤其以西湖之遊為盛。

〔註10〕　【宋】周密《武林舊事》卷七，西湖書社 1981 年，第 115 頁。
〔註11〕　【宋】周密《武林舊事》卷三，西湖書社 1981 年，第 37 頁。

「吳郡地重，舊矣，守郡者非名人不敢當」。〔註12〕杭州亦是如此，楊象濟在《錢塘百詠》序言中評價杭州「蓋杭州古隸會稽，唐宋以來名卿歷守是邦。逮臨安建都，宮殿城隍修治壯麗。府庫宮室溝池園囿壇場之設皆前所未有。如錢氏所營寺宇，不時增築，而諸山環西湖，抱城迤南至江而止。林泉之深蔚，魚鳥之幽閒，皆足以稱其地於時。君相之事業，學士大夫之暇歡，風俗男女之哀樂，輿夫詩人烈士浮屠羽客之遺事，覽其山川，慨然有懷思其得失之故。」〔註13〕北宋時期，杭州的牧守多有梅摯、蘇軾等知名文士，南宋時期更是士大夫文人淵藪。蘇杭的山川秀氣之鍾靈、水文化之毓秀加上名人郡守的文化倡導，自然多閒雅之作。唐代白居易已經為此做了一個榜樣。《中吳紀聞》稱「白樂天為郡時，嘗攜容、滿，蟬、態等十妓，夜遊西武丘寺，嘗賦紀遊詩，其末云：「領郡時將久，遊山數幾何？一年十二度，非少亦非多。」〔註14〕宋官員假日較多，有充足的時間去享受佳麗之景。「治平中，御史有抨呂狀元溱杭州日事者，其語有『歡遊疊嶂之間，家家失業；樂飲西湖之上，夜夜忘歸。』執政笑謂言者曰：軍巡所由，不收犯夜，亦宜一抨」〔註15〕；「紹興間，韓蘄王自樞密使就第，放浪湖山，匹馬數童，飄然意行。」〔註16〕不論是文官還是武將，都把湖山作為放情恣意的好所在。歐陽修《西湖念語》中所云「美景良辰，固多於高會，而清風名月，幸屬於閒人」正說明了士大夫這種寄情山水的閒情。

宋人喜歡娛樂，又樂得雅而不俗，既要外在的「繁華」，又需要內質的美而雅。在千餘首蘇杭詞中，除了南宋末期的傷悲之詞，大部分蘇杭詞可以歸類為都市詞或者閒情詞，是居於蘇杭、遊宦蘇杭或者

〔註12〕【宋】范成大《吳郡志 牧守》，江蘇古籍出版社，1999 年，第 121 頁。
〔註13〕【清】楊象濟《錢塘百詠》，武林掌故叢編本，中華書局，1967 年，第 1 頁。
〔註14〕【宋】龔明之《中吳紀聞》，上海古籍出版社，1986 年，第 6 頁。
〔註15〕【宋】文瑩《湘山野錄・續錄》，中華書局，1998 年，第 12 頁。
〔註16〕【宋】費袞《梁谿漫志》卷八，上海古籍出版社，1985 年，第 124 頁。

專門的遊客身處蘇杭美景和富饒之中，感受蘇杭濃厚文化氣息，而抒情感慨之作，或描繪眼前美景，或渲染華麗風情，或弔古懷今。歐陽修在《有美堂記》中提到「山水登臨之美」和「人物邑居之繁」兩種景象，說前者有「放心於物外」之樂，後者有「娛意於繁華」之趣，但兩種景象「各有適焉。然其為樂，不得而兼也」，既而他又指出「若四方之所聚，百貨之所交，物盛人眾，為一都會，而又能兼有山水之美，以資富貴之娛者，惟金陵、錢塘」，「仕途得意者」如張鎡、韓侂胄者可以於此「娛意於繁華」，即使柳永、潘閬等放蕩不羈之人亦可以享受「三五都會」的繁華。「幽潛之士，窮愁放逐之臣」如林逋、蘇軾者則可以於此「放心於物外」。居於金陵和錢塘二者之間的蘇州平江府也同樣兼有山水之美和都會之富麗，因此賀鑄也會選擇隱居於此。如此看來，蘇杭詞兼有「達者之閒」和「窮者之閒」，蘇杭的春夏秋冬、夏雨冬雪之景色都被詞人一一收入詞中。

第二，宋代生活化與世俗化的山水意識

山水在古代是作為自然的代稱，它是自然景觀的靜態與動態，聲音與色彩，人工與天巧結合的綜合形態。「山林與！皋壤與！使我欣欣然而樂與！」（《莊子‧知北遊》）自然界是人生存的基礎，人來源於自然，終要再次回歸於自然，隨著人類文明的發展與進步，人與自然的關係也越來越複雜。宋代之前的山水意識或者說自然意識大約經歷了最初的巫術膜拜時期、超自然神化時期、自然意識覺醒時期、凌駕自然時期。前兩個時期，人們更多的是把自然界作為生存的場所和制約力量，人們的意識尚未能脫離於自然而凌駕於其上去純粹地欣賞山水之美。最初的《詩經》三百首和楚辭對於自然界的審美觀照，更多的是對於自然界某一種植物或動物的局部吟詠和感興，而缺乏對自然山水整體上的觀賞與注意。真正意義上的山水意識的煥發在建安年間，這一時期整個社會對於文學的重視和提倡，刺激了文學審美的發展。詩性精神的回歸，山水意識的滋生，文人開始接近山水、遊賞山

水並描寫山水，如曹丕與《與吳質書》，王粲《雜詩五首》，曹操《觀滄海》都開始主動地去尋找發現更廣闊的自然山水之美，他們甚至專門在鄴下建造了貴族園林西園，以供山水遊賞唱和之用。兩晉時期，尤其是東晉，對於自然山水的審美進入到全新的境界，謝靈運承繼建安文人寄情山水的傳統並使其發展，他多年徜徉於山水之間，創作了大量山水遊記，山水文學由最初的固定欣賞而增添了「遊歷」的新元素，詩人的視野得到開拓，足跡的延伸直接導致山水詩內容和題材的豐富，而山水意識重點之一的「寄情之所」終於得到徹底的落實和肯定，但此時的山水詩只是單純記載山水景色，山水和文學的關係還只是停留在淺層的記錄和描寫的層面。魏晉南北朝時期，文學意識自覺，文人們開始尋找山水和文學的契合之處。劉勰《文心雕龍》提出「江山之助」的話題，開啓了新的山水文學時代。自然概念向文學審美概念範疇轉換，如被此時人廣爲欣賞的「清遠」，正是由自然界的山水境界引申而來。士大夫文人自我意識深化過程，突破了前期對於自然山水的闡釋水平，賦予自然以審美價值和文學價值，建立在他們對生命存在的深刻領悟之上。他們在自然中看到自己的生命存在樣式，並借助自然概念而表達出來。文學自覺的核心就是自然審美觀以及相應的山水文學價值觀的成熟。文人對自然山水的闡釋是一個價值賦予的過程。物我爲一的觀念，使得詩人開始關注自然和人的相通之處。人與自然在生命上的相似性，自然景物四時變化對人情緒的影響讓文人看到山水和人的新關係。唐代，大唐帝國的興盛刺激了時人對於宏大景觀、邊遠塞北的佔有豪情，唐詩中也多氣勢磅礴的關塞風景，即使王維和孟浩然的田園景色也多是對整體視覺上的把握，凌駕於山水之上的描寫。因此，唐代的山水意識更多的是把山水作爲人所征服的戰果，更強調一種佔有的大氣和霸氣，比如對五嶽四瀆和名山大川的偏愛。

經歷過前代山水意識的演變，宋代的文人才眞正地開始優游於山水。他們早已經擺脫了對自然地盲目崇拜，而宋代的崇文政策又使得

他們得以擺脫最自然山水的依賴，他們有生存的資本，因而得以以純欣賞的角度去玩味自然。他們眼中的山水不再有對自然神力的膜拜，也不再去追求仙境的神秘夢幻，更不再把山水作為人類征服的戰果，他們更多地把山水作為現實生活的一部分，山水是他們徜徉的場所，是放鬆身心的媒介，是他們日常生活的場景。宋代戰事的頻仍和弱勢，讓宋人放棄了佔領的霸氣和野心，他們更樂於去享受眼前的美景和人生。換而言之，宋代的自然觀是和宋代文化的世俗化直接掛鉤的。宋人眼中，尤其是士大夫眼中的山水無一例外都是他們生活的一部分，山水和世俗生活第一次緊密結合起來，遊山玩水是生活的一部分，而生活的場所中也時刻有山水點綴。他們講求寄情山水，但是卻不再像魏晉時期一樣去探求心靈的契合，而是利用山水去娛樂心靈，去撫慰心靈。士大夫階層開始真正地去領悟山水之美，這在宋代的山水畫興盛和建築學方面都可以體現出來。宋代山水畫達到極盛，不僅表現在山水創作數量的增多，在藝術手法上也屢有創新，出現了一大批山水畫高手，這正是世人注重山水之美、欣賞山水自然的體現。另外，建築學方面，相對於前代偏重於建築的雄偉大氣，開始普遍注重建築與山水的結合。比如杭州城「環以湖山，左右映帶。外帶濤江漲海之險，內抱湖山竹林之勝」〔註17〕，難怪宋高宗一到杭州便決定駐蹕於此。兩宋期間，園林建築增多。北宋，除了皇家園林艮嶽，開封也有不少私家園林，李格非所寫《洛陽名園記》中具體而翔實的記載了 18 處私家園林的總體佈局以及山池、花木、建築的建置情況，可視為北宋私家園林的代表。南宋，臨安作為行在和江南最大的城市，西臨西湖，東臨錢塘，群山環抱，為造園提供了優越的條件。僅在西湖一帶就分佈了上百處私家園林。周圍的江南都市如吳興（湖州）、蘇州園林分佈也相當密集。周密《吳興園林記》記述了園林 36 處，比較有代表性的是南北尙書園，蘇州蘇舜欽的滄浪亭，范成大的石湖

〔註17〕 【宋】歐陽修，《有美堂記》，王國平主編《西湖文獻集成》，杭州出版社，2004 年，第 639 頁。

別墅，鎮江沈括的夢溪園等等都是有名的私家園林。這種普遍的廣建園林的社會現象正是山水生活化世俗化的最好表徵——將日常生活放置於山水之中，山水成為生活的一個場景或一部分。《泊宅編》卷七記載：「楊蟠宅在錢塘湖上，晚罷永嘉郡而歸，浩然有掛冠之興。每從親賓，乘月泛舟，使二笛婢侑樽，悠然忘返。……人咨其清逸」〔註18〕。山水的意義被淡化，完全是作為一種生活中釋放身心的不可或缺的場所而出現，既可以有逸興之思，更可以作歡鬧之樂，這也是蘇杭作為人間天堂的一種特殊之處。勝景隨處可見，已經成為生活的一個場景。

正是這種將自然山水生活化的觀念，宋代士大夫對於自然山水的欣賞眼光也從北方的高山大川眼珠一轉而集中追捧江南的佳麗之景。蘇杭作為集都市華麗和江南暖景於一身的名郡，自然令文人雅士趨之若鶩。

第三，兩宋政治鬥爭的驅動

文人相輕，自古然也。北宋也不例外。宋代文人地位上陞，有更多的機會參與國家大事。作為一個學識豐富的群體，「淑世精神」使他們積極地主動地去表達自己的主體意識，去進行以去弊興國為目的的政治改革，在民族危難關頭去表達和堅持自己的政治主張。但由於統治階級內部的喜同惡異、黨同伐異、利益爭鬥等因素，宋代黨爭不斷，北宋有以范仲淹變法為源起的慶曆黨爭、王安石變法時期的熙寧黨爭，文人波及最多、對當時影響最深遠的元祐黨爭；南宋的朋黨之爭更多是士大夫面對中原淪陷所產生的和戰之爭。統治階級內部不同集團之間互相打壓殘殺，文人多受波及，不僅使士人參政的銳氣不斷受到重創，而且政治上「畏禍及身」的心理也日趨強烈。黨爭貫穿於兩宋，對宋代社會各方面都造成了不同程度的影響，就宋詞而言，則主要集中於兩個方面。其一，黨爭對官員的仕途打擊使得他們轉移人

〔註18〕【宋】方勺《泊宅編》卷七，《唐記筆記小說史料》，中華書局，1983年，第42頁。

生的注意方向而縱情山水享樂，快意人生，這間接刺激了都市詞和閒情詞的創作，北宋歐陽修、蘇軾、蘇舜欽等，南宋吳潛、葉夢得、范成大等都是如此。另一方面黨爭使他們從京都到地方，得到遊賞和親近地方的機會，最顯著的例子即蘇軾和杭州的兩次結緣。彭國忠在《元祐詞壇研究》中就已經提到這點：「黨爭所帶給本期詞壇（指元祐詞壇）的另一個變化，是隨著元祐四年蘇軾出知杭州，六年知潁州，再改揚州，定州，詞學活動中心漸從京師移到地方，……諸家詠寫杭州西湖、潁州西湖、揚州及各地風物的詞作，廣為傳誦。……隨著詞學空間的專一，詞的內質也發生某些變化，由京師唱和時期的多書卷氣、多文人意象、多詠物之作，變為多地方風俗民情、多山水自然景觀、多清新之氣。」〔註19〕蘇軾兩次任職杭州都與黨爭有直接關係。第一次是神宗熙寧四年（1071）十一月至熙寧七年（1074）九月，任杭州通判；第二次是哲宗元祐四年（1089）七月至元祐六年（1090）八月，任杭州知州。兩次任官的時間前後恰好 5 年。他兩度要求來杭，與京城的政治氛圍不無關係，第一次是源於熙寧二年，王安石推行新法後，朝中形成了主張新法的「新黨」和反對新法的「舊黨」，史稱「新舊黨爭」。屬於舊黨的蘇軾在這場政治鬥爭中被推到了風口浪尖。為了避免政潮風波，蘇軾要求外任地方官，來到杭州。第二次是在「元祐更化」時期，朝中出現了以司馬光為首的「朔黨」，以程頤為首的「洛黨」，以蘇軾為首的「蜀黨」。三黨在具體的政治主張上存在諸多分歧，催生了彼此的仇視心理。「朔黨」和「洛黨」聯手炮製了多起策題案、詩案以對付蘇軾。為了逃離這種無謂之爭，蘇軾再次上書請求出知杭州。正是熙寧和元祐兩次黨爭使得蘇軾和杭州結下了千年之緣。比蘇軾略早的蘇舜欽也是因支持范仲淹的慶曆革新，為守舊派所恨，御史中丞王拱辰讓其屬官劾奏蘇舜欽而罷職閒居蘇州。南宋張孝祥在蘇杭之間的遊歷也直接受和戰之爭的影響，他紹興二十九年（1159）罷官離開杭州，隆興元年（1163）知平江府，隆興二年（1164）

〔註19〕彭國忠《元祐詞壇研究》，華東師範大學出版社，2002 年，第 19 頁。

重回都城杭州任中書舍人以及此年十月遭受彈劾離杭，都是「主戰派」和「主和派」力量起伏的直接結果。黨爭造成士大夫仕宦沉浮，仕途的險惡與不安定使得部分詞人尋求山水林泉作爲精神避難所，受傷的心靈在這裏修葺與彌合，或在跌宕沉浮之下更加刺激他們珍惜生命，享受現實人生的快意安樂。蘇杭作爲「地上天堂」，有山水園林之美療養身心，有都邑繁華之樂安享現世。出世亦好，入世亦好，或逃避，或優遊，都能在蘇杭找到生存的空間和精神的慰藉。

第四，杭州政治地位的改變

蘇杭風景如畫，但四時不同；文化悠久，卻兩朝相異。北宋時期，蘇杭還只是以「地上天堂」的美麗富饒與人文氣息吸引閒雅士大夫。靖康之難後，趙宋王朝南渡，都城幾經更改，最終在紹興八年（1138）定杭州爲行在，實爲都城。政治中心的南遷使得大批宗室、大臣士大夫等蜂擁至杭州以及周邊城市，導致杭州城內北方移民竟然超過了杭州原住居民。有文獻爲證，紹興二十六年，凌景夏曾經上疏言：「切見臨安府自累經兵火以後，戶口所存，裁十二三，而西北人以駐蹕之地，輻輳駢集，數倍土著，今之富室大賈，往往如是。」〔註20〕

隨著杭州成爲南宋都城，杭州由北宋時期單純的富庶都市而在歷史的瞬間突然被賦予了政治意味，成爲一國之都，這種性質的變化是深遠的。宋代是文官治理天下，當時的士大夫往往集官員、文人與學者於一身，這些做官爲宦的文人們來到杭州，高朋雅會，歌酒唱酬，吸引了更多的文人雅士來到杭州，增加了杭州的知名度。同時，杭州作爲南宋的政治、文化甚至經濟中心，不僅可以讓詞客文人在湖山美景之中享受遊賞雅集的歡樂，在更大意義上更代表了文人仕途晉升的希望或者生存依止的歸處，直接導致詞人奔赴杭州的緣由和意義有了質的轉變。杭州作爲國家政治文化甚至經濟中心之後，城市性質不再是一個簡單的南方府郡，而被賦予了政治權力中心的特殊符號意義，

〔註20〕【宋】李心傳《建炎以來繫年要錄》卷一七三，中華書局，1956年，第 2858 頁。

文人對蘇杭的嚮往與趨赴多了對權力和地位的爭取。此時的蘇州儘管已經不能與政治經濟中心的杭州相齊，但與都城毗鄰的優勢和自身長期積聚的基礎也使得城市地位與南宋其它城市不同。南宋時期的蘇杭不再僅僅是享樂的都市，對汲汲於仕途的文人更是生存依止的希望所在地，是機會，是權力，蘇杭的風吹草動、人情往來影響著南宋文壇的局面和狀態，在詞人眼中，在宋詞摹寫中，蘇杭開始複雜起來。

南宋末期，作為一國象徵的都城，杭州的角角落落開始承擔起黍離之悲的歷史沉重。此時，接近蘇杭，則又具有了貼近故國的特殊意味。面臨家破國亡的士大夫文人把蘇杭（主要是杭州）作為了對故國依戀之情的最後寄託地。

第三節　詞人蘇杭交遊的詞學意義

詞人心靈和城市的融攝是通過動態的行走和觀察而完成的，他們選擇行走在這個城市最有代表性的山水建築之間，和這座城市的人進行交流以獲得對城市的瞭解和心靈的依棲之感。具體到詞人和蘇杭而言，詞人對於蘇杭的接近主要是靠交遊而完成的。交遊讓遠道而來的詞人得以識別蘇杭，將感情投射到眼前本來陌生的城市；讓生長於蘇杭的人更深地瞭解自己的鄉邦。而詞人在蘇杭的交遊主要伴隨著兩大活動，宴席唱酬和遊賞山水。人與景物之間的交流，感知自然的魅力，激發心中的藝術火花。人與人之間的交流，直面人生的相聚之歡樂，離別之遺憾，引發對人生的思考。兩種活動都會觸動深藏於心的感情和思想，激發藝術靈感，為詞的創作提供了可能的氛圍和契機。是交遊讓蘇杭變得詩意盎然，讓蘇杭的景物在紙上鮮活生動並增添了深厚綿長的韻味，讓蘇杭的人情雋永地凝固在字裏行間，也讓詞這一文學樣式和蘇杭完美地融合起來。

交遊唱酬是蘇杭詞人行跡中最具有文學意味，同時對文學作用最直接的形式。宋代文人追求閒雅，而蘇杭作為地上天堂的天賦麗景和人文環境也善於滋養這種閒雅的生活態度，而閒雅又恰恰是詞的創作

動機之一。有蘇杭行跡的詞人少有不交遊者，有交遊便有唱酬，而詞正是通過這些交遊唱酬繁盛起來的。第一首文人詞《憶江南》是白居易和劉禹錫的交遊唱酬，吟唱的內容是蘇杭。一種說不清的緣分，文人詞起源於蘇杭，而後來的豪放派開創人、一代詞壇巨匠蘇軾也是在蘇州填寫了人生第一首詞《減字木蘭花》，隨後在杭州廣泛與同僚、僧人交遊唱和，開始了自己的填詞生涯，蘇軾在蘇杭的早期作品絕大部分都是酒席唱和之作，也許這些作品和貶謫黃州之後的詞作相比，藝術價值不比後者，但是正是這些作品引導蘇軾走上了詞學之路，我們又豈能否認人類前行道路上最初那些探索的腳印呢？因此，是蘇杭開啓了文人詞，是蘇杭的文人交遊活動開啓了唐宋詞的宏偉時代。

柳永歌詠杭州的《望海潮》是第一首都市詞作，本是爲結交當時杭州郡守孫何（一說孫沔）而作，而蘇州詞中少數幾首描寫繁華的詞作《瑞鷓鴣》是拜謁范仲淹而作；慶曆七年，柳永再遊蘇州，作《永遇樂・天閣英遊》贈滕子京。蘇舜欽唯一一首詞作《水調歌頭・滄浪亭》是因交遊不得，鬱悶而作。

張先在杭州與蘇軾等一群文人雅士來往於杭州的湖山池榭之間，宴席餞別、喝酒時填詞助興更是常事。如《山亭宴慢・有美堂贈彥猷主人》、《喜朝天・送蔡襄於清暑堂》、《醉垂鞭・送祖無擇》、《天仙子・送鄭獬移青州》、《望江南・贈龍靚》、《雨中花・贈胡楚》、《虞美人・述古陳襄移南郡》、《熙州慢・贈述古》，都是張先在杭州送別友人和雅集時即興而作。文人之間雅集機會多，宋代官員調動頻繁，也給他們創造了一些聚會的契機。張先熙寧六年九月，與杭守楊繪餞蘇軾於中和堂，作《勸金船》、《更漏子・流杯堂席上作》，後幾人又一同一路護送蘇軾到蘇州吳江，與陳舜俞等置酒垂虹亭，作《定風波令》。元豐元年從趙抃、趙槩遊，作《小重山・安車少師訪閬道同遊湖山》。文人之間的交遊，詞和酒一樣是席間不可或缺的物品，也是活躍氣氛的必備之物。文人不僅僅在酒席上唱酬賦詞，遊山玩水之際，身處於自然美景之中，觸境而發雅興，也會即興賦詞。

　　蘇軾作為文學名士，性喜交遊，所過之處，士夫景從。兩次仕宦杭州，五年內詩詞會友，遊覽山水，累積了許多詞作。在平日的交遊中，詩詞是必要的點綴。《勸金船・和元素韻自撰腔命名》、《減字木蘭花・贈小鬟琵琶》，《菩薩蠻・杭妓往蘇迓新守》、《菩薩蠻・述古席上》、《鵲橋仙・七夕和蘇堅》，都是在杭州宴席上助興之作。出差蘇州時，郡守王誨席上，為歌者賦《阮郎歸・蘇州席上作》，這些詞作記述了蘇軾在杭州的一些生活行跡歡宴見聞。《江神子・玉人家在鳳凰山》自序云：「陳直方妾嘯，錢塘人也，丐新詞，為作此。錢塘人好唱陌上花緩緩曲，余嘗作數絕以紀其事矣」，〔註 21〕歌者乞詞，詞人即興而作，既滿足了對方的要求，活躍了酒桌氣氛，又展示了自己的文學才能，是文人雅士樂於趨從的酒桌遊戲之一。

　　文人雅士把酒言歡之外，遊山玩水之時也是抒發雅興的好時機。蘇軾和僧仲殊多有來往，元祐六年，仲殊來訪，兩人一起雪中游西湖，賦《減字木蘭花》詠雪；《臨江仙・風水洞作》、《江神子・湖上與張先同賦時聞彈箏》，也是詞人和朋友一起遊覽杭州風水洞而作。

　　人生自古傷離別。餞行的酒宴上，不捨之情千杯難以說盡，文人往往用詩詞來表達彼此的依戀。蘇軾在杭州的送別詞有《臨江仙・送錢穆父》、《昭君怨・金山送柳子玉》、《菩薩蠻・西湖席上代諸妓送述古》、《清平樂・送述古赴南都》、《鵲橋仙・七夕送陳令舉》、《訴衷情・送述古迓元素》。《虞美人》序云：「陳述古守杭，已及瓜代。未交前數日，宴僚佐於有美堂，因請貳車蘇子瞻賦詞，子瞻即度而就，寄攤破虞美人。」從詞序中，不僅可以看出蘇軾和友人之間的交往場面，也透露出蘇軾的詞作在當時的士大夫圈中已很有名氣。元祐六年，離杭時作賦《減字木蘭花》別杭，《八聲甘州・有情風》別道潛。時為杭州浙漕的馬瑊賦《玉樓春・來時吳會猶殘暑》送別，蘇公賦《玉樓春・次馬中玉韻》唱酬。朋友之間的交遊溝通，是蘇軾詞學創作的最初動力，正是在蘇杭文學氣氛濃重的士大夫圈子中，蘇軾才逐漸展現

〔註21〕唐圭璋《全宋詞》中華書局，1965 年，第 299 頁。

了自己的詞學天賦，積累了塡詞技巧。一定程度上，可以說，是杭州開啓了蘇軾的詞學之路，造就了詞史上的一大家。

周邦彥大觀三年飲於太守蔡岳子高座中，見營妓岳楚雲之妹，作《點絳唇》寄之，在杭州作《驀山溪‧湖平春水》、《感皇恩‧露柳好風標》、《蘇幕遮》、《訴衷情‧堤前》、《丁香結‧蒼蘚沿階》、《夜遊宮‧秋暮晚景》、《南鄉子‧戶外井桐》。葉夢得在蘇州與賀鑄、曾紆等會別於熙春堂，有《臨江仙‧熙春臺與王取道賀方回曾公袞會別》詞。和葛勝仲等遊太湖，作《鷓鴣天》、《鷓鴣天‧次韻魯卿大錢觀太湖》詞。姜夔姜夔一生遊歷，多附隨友人而居。紹熙二年（1191）十二月，載雪訪范成大，製詞史上著名的《暗香》、《疏影》二曲。辛棄疾作爲繼蘇軾而後的豪放派大家，在蘇州、杭州也寫下了許多交遊唱和作品。在蘇州有《水調歌頭‧和王正之右司吳江觀雪見寄》、《清平樂‧憶吳江賞木樨》。紹熙三年（1192）被召赴行在，《水調歌頭》《西江月》，詞序中都明確點明是酒席唱和之作。劉克莊喜好交遊，僅景定元年（1260）一年在杭州就有《鵲橋仙‧庚申生日》、《賀新郎‧傅相生日壬戌》、《好事近‧壬戌生日和居厚弟》、《轉調二郎神‧餘生日林農卿贈此詞終篇押一韻效颦一首》、《再和》、《三和》、《四和》、《五和》等多首唱和作品。吳潛和吳文英相識於蘇州，嘉熙二年（1238）正月二人看梅滄浪亭，和吳文英《賀新郎》、《聲聲慢‧和吳夢窗賦梅》。吳文英一生沉寂下僚，分別在蘇州和杭州杭入爲幕僚，《木蘭花慢‧遊虎丘》、《八聲甘州‧陪庾幕諸公遊靈巖》、《祝英臺近‧餞陳少逸被倉臺檄行部》、《六醜》、《水龍吟》、《滿江紅》、《木蘭花慢 宋施樞往浙東》、《八聲甘州‧姑蘇臺和施芸隱韻》、《齊天樂‧齊雲樓》，皆在題序中注明是在吳與同僚、友人交遊而作。甲辰年冬始去吳寓越，在吳約十年左右，故《惜秋華‧八日登飛翼樓》有「十載寄吳苑」之語。《晏清都》云：「吳王故苑，別來良朋雅集，空歎蓬轉。」蘇州留給吳文英的記憶除卻那些透露著滄桑的故國遺跡，能溫暖他的就是良朋雅集。這些詞作看似是無關痛癢的唱酬之作，而對於詞人而言，是一

段歲月的痕跡，是一段生活的記錄，更是人生中溫暖的記憶。吳文英有很深的戀吳情節，「惜此生、不向吳城住」，這情節正是奠定於與良朋好友的一次次交遊唱和基礎之上。

《探芳信》題序：「丙申歲，吳燈市盛常年。余借宅幽坊，一時名勝遇合，置杯酒，接殷勤之歡，甚盛事也。分鏡字韻」此間所流露出的歡樂是夢窗詞中不多見的。三吳都會的上元節，自是熱鬧非凡，此時詞人恰恰得以身處自己喜歡的幽雅住宅，三五知己杯酒言歡，良辰美景奈何天又有良朋相伴，此等歡樂自是人間難得！吳文英一生坎坷，仕途抑鬱不得志，情場又多悲情，在他生命最多的歡顏時刻也就在與友人交遊之時。他與尹煥關係深厚，只與他一人在蘇州便賦有《鳳池吟·慶梅津自畿漕除右司郎官》、《塞翁吟·餞梅津除郎赴闕》、《漢宮春·追和尹梅津賦俞園牡丹》、《瑞龍吟·送梅津》、《惜黃花慢·次吳江餞尹梅津》，可以看出二人交往之繁密。吳文英在蘇杭的官職可算低微，但是與夢窗詞中的愛情詞相比，蘇杭交遊唱酬詞間尚且能透露出一點人生的歡樂和慰藉，也許這歡樂有些是爲應酬而作，但至少彼時彼地要展示自己喜歡和擅長的文學，對詞人都不能算作壞事。可以這樣說，在吳文英一生悲戚的生命底色上至少有一抹模糊的亮色，這就是他在蘇杭與知己朋友的交遊唱酬。

南宋，杭州詞人間的交遊活動出現了新的現象，這便是結社。「北宋有無謂之詞以應歌，南宋有無謂之詞以應社」。宋代詞人之間結社最著名的是周密、楊纘、張樞、施嶽等人的詞學團體，這個團體有中心人物楊纘，活動場所也高雅深幽，如景定五年（1164）諸人結社於西湖楊氏環碧園。周密《采綠吟》序：「甲子夏，霞翁會吟社諸友逃暑於西湖之環碧。琴尊筆研，短葛練巾，放舟於荷深柳密間。舞影歌塵，遠謝耳目。酒酣，採蓮葉，探題賦詞。余得塞垣春，翁爲翻譜數字，短簫按之，音極諧婉，因易今名云。」

張樞還爲詞社建造了專門的活動場所結吟臺。周密《瑞鶴仙》：「寄閒結吟臺出花柳半空間，遠迎雙塔，下瞰六橋，標之日，湖山繪幅，

霞翁領客落成之。初筵，翁俾余賦詞，主賓皆賞音。酒方行，寄閒出家姬侑尊，所歌則余所賦也。調閒婉而辭甚習，若素能之者。坐客驚托敏妙，爲之盡醉。越日過之，則已大書刻之危棟間矣」。這個詞社中的主要團體楊纘、周密、張樞、施岳、陳允平都長期居住和活躍於蘇杭之間，他們之間的詞作內容也多圍繞杭州景物。如景定四年（1163），周密與陳允平用《木蘭花》詠寫西湖十景。陳允平《日湖漁唱》跋云：「右十景，先輩歌詠者多矣，雪川周公謹，以所作示予，約同賦，因成。時景定癸亥歲也。」周密《木蘭花慢》題序：「蘇堤春曉西湖十景尚矣。張成子嘗賦應天長十闋誇余曰：『是古今詞家未能道者。』余時年少氣銳，謂此人間景，余與子皆人間人，子能道，余顧不能道耶，冥搜六日而詞成。成子驚賞敏妙，許放出一頭地。異日霞翁見之曰：「語麗矣，如律未協何。」遂相與訂正，閱數月而後定。可見，詞社中人不僅相互比賽作詞水平，而且有德高望重者的指導和評價，相互之間一起切磋學習，可以算是一個比較專業化的詞學團體。

　　不論是環碧園「舞影歌塵，遠謝耳目」的超塵意境，還是結吟臺「出花柳半空間，遠迎雙塔，下瞰六橋」的絕美景致，以及「家姬侑尊」、立歌賦詞的席間活動，都是除杭州之外的其餘地方所不能提供的。有美景，有閒人有雅情，「清風明月幸屬於閒人」，而且是經濟能力深厚的閒人，自然環境、人文氣氛和政治因素的完美結合造就了杭州完美的詞學繁殖土壤。

第四節　蘇杭：詞人的心靈驛站與宜居樂土

　　蘇杭宜居，是仕途坎坷者尋求心靈安適的樂土，是士大夫安享生活的福地，西湖滌蕩了蔡襄、蘇軾、范仲淹的一身仕宦風塵，給身心以舒散和放鬆；滄浪亭安歇了蘇舜欽一顆在宦海風波中備受挫折的靈魂。寓居於此者，盡享人與自然最和諧舒緩的相伴。晚年的范成大在

蘇州的石湖小築編寫《梅譜》，過著「消磨景物，瓦盆社釀，石鼎山茶。飽吃紅蓮香飯，農家便是仙家」的休閒生活。賀鑄選擇在遇到自己心儀女子的蘇州度過晚年，歷盡滄桑的心靈可以在橫塘路上時時重溫當時的美好。潘閬為杭州在宋詞中搶得了最初的一席之地，而杭州也給予詞人生命最終的一席之地。姜夔一生布衣，遊歷蘇杭，也只有杭州能安葬這樣一個為詩詞而生的生命。如果人生的扁舟終要回歸江湖，蘇杭無疑是最好的棲息地。吳文英等不得不離開蘇杭的詞人則隔著時空的距離，眷眷不已，見他人來此地，都不勝嚮往。南宋的杭州則由原來的身心驛站成為士大夫建功立業的政治舞臺，一度成為許多南宋詞人汲汲以往的抱負和理想實現地，是生息依止的依靠。

　　宋代詞人或生於蘇杭，或仕宦於蘇杭，或流寓於蘇杭或路過蘇杭短暫停留，或者專門到此一遊，不論是驚鴻一瞥還是長久醞釀，地上天堂的景色風情，吳國古城的滄桑遺跡，吳姬歌女的似水柔情，湖山之會的唱和風雅都會在詞人的心底留下痕跡，積蓄情感。「莫驚鷗鷺，四橋都是，老子經行處」（蔣璨《青玉案》），蘇杭的暖山軟水滋潤著詞人敏感的藝術細胞，閒適舒緩的城市風氣撫慰在功名利祿裏疲憊的塵世心靈。

一、「試盡風波萬里身，到官山水卻宜人」──仕途坎坷者的「療傷」樂土

　　自唐代白居易無限懷念地吟詠「江南名郡數蘇杭」，蘇州、杭州作為風情蘊藉的人間天堂便成為士大夫嚮往之所。北宋時期，汴京才是權力集中之地，仕宦京城自然是仕途亨達的象徵，但宦海起浮，如若在京無法容身，士大夫紛紛請求外任以避開風波。北宋初年，宋仁宗《賜梅摯出守杭州詩》有「地有湖山美，東南第一州」。御批的美譽，秀麗的山水，休閒的民風吸引著自請外任的官員。蔡襄和蘇軾、范仲淹都是杭州虔誠的追慕者，蘇舜欽則在蘇州消解了仕宦傷痕。

　　蔡襄在仕宦杭州之前就在景祐三年自家赴京途中經過杭州而逗留數日。慶曆三年（1043），專程到杭州拜訪楊偕，兩人「輕遊裏市」。皇祐三年（1051），丁父憂服除後歸京，再次遊覽蘇杭，祭奠蘇舜欽，玩賞山水。嘉祐五年（1060），蔡襄以「便於養親」爲名乞知杭州，可惜未允。治平二年（1065），知杭州的願望終於實現。其時，「英宗不豫，皇太后聽政，爲輔臣言：『先帝既立皇子，宦妾更加熒惑，而近臣知名者亦然，幾敗大事，近已焚其章矣。』已而外人遂云襄有論議，帝聞而疑之。會襄數謁告，因命擇人代襄。襄乞爲杭州，拜端明殿學士以往。」可知，蔡襄在京仕宦不順而到杭州。鑒於對杭州山水的熱愛，多年願望終於得到實現，蔡襄到杭州後如魚得水，終日優游不倦。到任後，七月遊孤山，重陽節登有美堂《重陽日有美堂南望》。治平三年（1066），更是連日出遊，有詩多首。《與元朗中書》：「自寒食遊西湖，入靈隱、天竺；穀雨賞花，過吉祥、龍華、淨明，及民間園館，往往傳於篇詠，誠可娛也。」只在杭州一年多的時間裏，蔡襄盡情享受湖山勝景，仕宦的不快早已消解在西湖的萬頃碧水之中。另外，蔡襄任職期間，建清暑堂，爲杭州山水錦上添花，蘇軾仕杭和蔡襄的情況十分相似。熙寧四年（1071），被御史以雜事誣奏，於是乞外任避之，除通判杭州。來時，滿懷仕途中的郁郁不得志，然而一接觸到杭州的湖山，曠達的蘇軾立刻樂而忘憂。杭州恬淡閒雅的人文環境、喜好邀遊的民風，明麗空靈的山水讓他隨性適意的天性獲得自由舒展的天地，讓他的藝術天賦找到了肥沃的土壤。萬千景象怡悅情性，他深深地沉浸在杭州的山水民風之中。他觀潮，「拍手欲嘲山簡醉，齊聲爭唱浪婆詞」《瑞鷓鴣·觀潮》，爲江南踏浪兒的勇敢而讚歎；他遊山，欲雪之時感受「水清出石魚可數，林深無人鳥相呼」（《臘日遊孤山訪惠勤惠思二僧》）的清冷；他臨湖，觀看西湖的淡妝濃抹，他甚至還觀察到夜晚西湖「非鬼亦非仙」的玄妙湖光，守候一夜去尋找「風恬浪靜光滿川」的奇景；他訪寺，「昔年蘇夫子，杖履無不至。三百六十寺，處處題清詩」（蘇轍《偶遊大愚見餘杭明雅照師舊識子

瞻能言西湖舊遊將行賦詩送之》）。有美堂聽雨，與仲殊踏雪尋梅，與太守吉祥寺賞牡丹，甚至於在西湖上處理公務，杭州的佳麗山水消解了仕途的抑鬱，使流放成為一種留戀，逃亡成為一種徜徉。在仕杭其間，蘇軾或為公或於私，曾多次到蘇州遊玩，虎丘、閶門、垂虹亭都留下了詞人的足跡。繁雜的公務和休閒的生活態度在蘇杭山水間巧妙對接，仕宦於斯成為人間樂事。蔡襄、蘇軾仕宦杭州來疏解仕宦不順，彼時的杭州還只是「東南第一州」，和政治中心相對疏離，政治氣氛比較稀薄，作為一郡中職位較高的官員，他們穿梭於蘇杭的山水之間，是一種心情的暫時緩解，在蘇杭的自然山水成與自然界的廣泛接觸中獲得林泉高致的清高自得，得到身心的放鬆和愉悅。「無妨思帝里，不合厭杭州。」詞人在杭州愜意的生存，這是仕宦生涯中難得的美好時光。蘇軾離杭之後，在《送襄陽從事李友諒歸錢塘》詩中云：「居杭積五歲，自憶本杭人。故鄉歸無家，欲買西湖鄰。」蘇軾心中，杭州已是其第二故鄉。蘇軾認為「吾心安處是吾鄉」，可見，他在杭州仕宦期間，杭州的山水民情讓他那顆充滿美和自由的心靈真正實現了安適和釋放。

　　范仲淹為官耿介直言，「先天下之憂而憂」，在推行「慶曆新政」失敗後，支持新政的歐陽修等人都屢遭貶謫，在這仕途沉入谷底之時，皇祐元年（1049）他請求任職杭州。在杭其間，恰遇吳中大饑，殍饉枕路。「乃縱民競渡，太守日出宴於湖上，自春至夏，居民空巷出遊。又召諸寺主首，論以饑歲工價至賤，可大興土木，於是諸寺工作鼎盛。又新倉廒吏舍，日役千夫。監司奏劾荒政，嬉遊不節，及公私興造，傷耗民力。公乃自條敘所以宴遊興造，皆欲以有餘之財力以惠貧者」〔註22〕。儘管范仲淹沒有直接借杭州山水來排遣自身遭際鬱悶，卻巧借湖山勝景和休閒民風與飢饉打了一場漂亮戰，想必那時范公心中自比邀遊更加舒暢。

〔註22〕【宋】沈括，侯真平校點《夢溪筆談》卷一一，嶽麓書社，2002 年，第 85 頁。

　　慶曆五年（1045），蘇舜欽遭遇誣告後，對仕途灰心，春日乘舟東下來到蘇州，自此定居既非祖籍，又非仕宦之地的吳中。他選擇吳中寓居的原因，在其《答范資政書》說的很明白：「……又以世居京師，墳墓親戚所在，四方茫然無所歸，始者意亦重去，不得已遂沿南河，且來吳中。既至則有江山之勝，稻蟹之美。兗州有租田數頃，郡中假回車院以居之，親友分俸祿，伏臘似可給，豈敢更求贏餘，以足所欲。……」〔註23〕蘇舜欽初來蘇州，實屬無奈之舉，然而最終讓他安心居於此，除了蘇州的「江山之勝，稻蟹之美」，更重要的是他找到並營建了一處「灑然忘其歸」的園子，即「滄浪亭」，此處「澄川翠榦，光影會合於軒戶之間，尤與風月爲相宜」。他在這裏「觴而浩歌，踞而仰嘯，野老不至，魚鳥共樂。」「形骸既適則神不煩，觀聽無邪則道以明」，心靈得到極度安適，當他「返思嚮之汩汩榮辱之場，日與錙銖利害相磨戞，隔此眞趣，不亦鄙哉！」〔註24〕。吳中「滄浪亭」成爲他心靈的駐足之處，而吳中就成爲精神的故鄉，「此心安處是我鄉」——寓居於此而終老也是人生莫大安慰。

　　「試盡風波萬里身，到官山水卻宜人」。是自身徜徉於山水也好，是利用杭州山水妙手治邦也好，杭州的山水都以其空靈明麗修復了仕宦險惡帶給士大夫的傷害，杭州的民風以其「好邀遊」的休閒風氣滌蕩了士大夫的一腔苦悶之氣！蔡襄、蘇軾、范仲淹三人任職杭州，均是抑鬱之時自請杭郡，這種歷史的巧合之處，也恰恰證明了杭州在北宋士大夫心中是消解仕宦積鬱的心靈天堂。

二、「羨君歸老向東吳」——人生最好的棲息之地

　　在綜述寓居蘇杭之地的詞人時，我們發現蘇州的寓居詞人要超出杭州，且都是詞人在無限熱愛與依戀的前提下，自願地積極地選

〔註23〕【宋】蘇舜欽著，沈文倬校點《蘇舜欽集》上海古籍出版社，1981年，第112頁。

〔註24〕【宋】蘇舜欽著，沈文倬校點《蘇舜欽集》上海古籍出版社，1981年，第157頁。

擇蘇州作爲人生最後的歸宿。而寓居杭州的五位詞人，除潘閬之外，則帶有或多或少的政治因素，李清照、姜夔、周密、陳人傑都屬於半強迫性質，家國和自身的非積極原因使得他們在杭州結束自己的人生旅程。可見，《宋朝事實類苑》所言「蘇州士大夫寓居者多」，實非虛言。

《吳郡志》說白居易「眷眷此邦甚厚，則知吳在當時爲名邦樂園，能使賢者思之而不忘」〔註25〕蘇州之所以讓人思之而不忘的不只有江南水鄉的鍾靈山水，小橋流水的詩韻，更重要的是蘇州文化中積澱的那種恬淡謙和、遠離政治的退隱文化。蘇州所歸屬的吳國文化，源於太伯讓國。爲了成全父親古公亶要立三子季歷以便傳位聖孫之意，太伯、仲雍結伴出亡，逃到荊蠻句吳。孔子贊曰：「泰伯，其可謂至德也已矣！三以天下讓，民無得而稱焉。」太伯開拓了吳文化，也奠定了吳文化血脈中遠離政治的退隱色彩。范蠡五湖扁舟而去，再次加重了蘇州的隱逸色彩。自東漢年間，私家園林興起，蘇州就成爲退隱之士歸隱寓居的青睞之地。第一個歸隱者是笮融，《蘇州府志》及《吳門表隱》都記載有「笮家園，在保吉利橋南，古名笮里，吳大夫笮融居所」。〔註26〕西晉張翰以思吳中菰菜鱸魚爲由辭官而歸，爲蘇州的疏離政治昇華到藝術境界。後又有東晉「顧辟疆園」、「戴顒園」。顧辟疆本爲吳地望族，在蘇州建園林實屬歸里。而戴顒本非吳人，東晉孝武帝時，他屢徵不就，逼不得已而前往吳地，歸寓於此，延續了太伯讓國的「退隱」之風。唐代陸龜蒙因舉進士不第，移居郡中臨頓裏。隱逸里中，蘇州的隱逸之風更加得到弘揚。唐宋時期，有許多文人、官宦因嚮往這裏的山水秀麗、物產豐富、經濟繁榮而到此定居。明代王行《半軒集》談到南宋士大夫流寓蘇州：「吳城與杭相去逾三驛，宋都杭，吳爲近輔地，衣冠舊家

〔註25〕　【宋】范成大《吳郡志》，江蘇古籍出版社，1990年，第668頁。
〔註26〕　【清】馮桂芬纂，李銘皖、譚均培修《（同治）重修蘇州府志序》，中國地方志集成江蘇府縣志輯蘇州府志，江蘇古籍出版社，1991年，第334頁。

多居之」﹝註27﹞。優越的自然條件、富裕的物質基礎及深厚的退隱文化淵源是蘇州成為詞人寓居之所的三個必備因素，再加上南宋蘇州近輔京師臨安，可謂天時地利皆具備，自然成為士大夫流寓之首選。唐代白居易向劉禹錫追憶在蘇州的歲月：「江南舊遊凡幾處？就中最憶吳江隈」（《憶舊遊》）。歐陽修渴望到滄浪亭一遊：「滄浪有景不可道，使我東望心悠然」（《滄浪亭》），吳文英《點絳唇‧有懷蘇州》：「可惜人生，不向吳城住」，為自己不能老於蘇州而深為惋惜。蘇州以其天然的山水優勢、悠久的文化積澱成為士大夫心中溫暖的棲息之地。致仕之人可以於此安享晚年，不遇之人可以退隱於此庇護心靈，淡泊之士可以居住此地以安心養性。

在寓居蘇州的詞人中，最出名的當屬賀鑄。《鑄年五十八因病廢得旨休致一絕寄呈姑蘇毗陵諸友》：「求田間舍向吳津，欲著衰殘老病身。未拜君馱賜剡曲，歸來且醉鑒湖春。」賀鑄早年在蘇州有一段情事，李之儀《姑溪居士文集》前集卷四零《題賀方回詞》「吳女宛轉有韻，方回過而悅之，遂將委質焉，其投懷固在所先也。自方回南北，垢面蓬首，不復與世故接，卒歲注望，雖傳記抑揚一意不遷者，不是過也」﹝註28﹞，可見賀鑄與吳女之愛情不得美好結局，而賀鑄經歷人生之起浮後，最終選擇在蘇州和常州歸老此生。《青玉案》中「淩波不過橫塘路」，賀鑄讓蘇州的「橫塘」知名，儘管最終不是老於吳中，而他自己卻永遠在蘇州的城市史上有了一席之地。

《（同治）蘇州府志》卷一一二「流寓」條記載：「吳中寓賢莫多於宋。范盧二志不分土著，流寓分之自姑蘇志始乃。」﹝註29﹞。乾隆《長洲縣志》卷之二十七「流寓」條寫道：「吳中多名山水，百物殷

﹝註27﹞【明】王行《半軒集》卷四《何氏園林記》，文淵閣四庫全書本，第 336 頁。

﹝註28﹞張惠民《宋代詞學資料彙編》汕頭大學出版社，1993 年，第 205 頁。

﹝註29﹞【清】馮桂芬纂，李銘皖、譚均培修《（同治）蘇州府志》卷第六十七，中國地方志集成江蘇府縣志輯蘇州府志，江蘇古籍出版社，1991年，第 776 頁。

盛。遠方之士，好託跡焉。遊習久而瘞埋於斯者往往有子孫因而占籍，然非邦之產也。今之所錄或遠宦而羈留或依劉而僑處或愛岩澤爾築室流連或避患難而安居不返，行誼可傳，風雅足紀，列爲流寓，仍注古籍以免混淆。」〔註30〕可見歷代皆有流寓吳中的士大夫已經到了必須單列以區分的程度。宋詞人中，流寓蘇州者，除了賀鑄還有蔣堂、米芾和魏了翁。蔣堂，本宜興人，徙於蘇，先後守蘇兩次，最終謝事以禮部侍郎致仕，家於靈芝坊。而米芾，本襄陽人。愛潤州山水，結海獄庵，遊寓於吳，子友仁官於是，女亦歸於是，故《宋史》稱爲吳人。魏了翁本浦江人。紹定中，累遷至同簽書樞密督視京湖軍馬並領江淮，封臨邛郡開國侯，府江州。已而，以浙東安撫使就醫於平江，賜第於平江，葬高景山。

　　寓居者畢竟是詞人中的幸運者，一些詞人因不能如願終老吳中而深以爲憾事。清代朱孝藏《霜花腴》詞序評價吳文英，「宋詞人之僑吳者，世但稱賀方回、吳應之諸賢。叔問謂吳夢窗《鷓鴣天》「楊柳閭門」之句，蓋有老屋相近皐橋。其《點絳唇·有懷蘇州》詞所云「南橋」，殆指此。又「兩寓化度寺」詞，皆有懷吳之思……固以此郵爲可樂耶？」〔註31〕以夢窗詞指出處吳文英的戀吳情節。

第五節　詞人：蘇杭的建設者與宣傳人

　　蘇杭作爲江南名郡，中國的地理畫卷到這裏，變得格外璀璨，這熠熠閃爍的光輝，自然少不了宋代文人對於蘇杭的苦心營造和人文薰陶。如王國維所言「都邑者，政治與文化之標徵也」，〔註32〕仕宦蘇

〔註30〕【清】顧詒祿等纂，李光祚修《（乾隆）長洲縣志》，中國地方志集成江蘇府縣志輯蘇州府志，江蘇古籍出版落千丈社，1991年，第336頁。

〔註31〕范培松、金學智主編《插圖本蘇州文學通史》（第一冊），江蘇教育出版社，2004年，第377頁。

〔註32〕王國維《殷周制度論》，載《觀堂集林》卷十，《史林》二，中華書局，1959年，第451頁。

杭的詞人，正是政治和文化的集合體，他們是宋代蘇杭的城市締造者和設計師，憑藉他們的雙重身份對城市物質和文明建設都作出了重要貢獻。詞人們來往並活躍於蘇杭的山山水水、角角落落。作爲官吏，他們爲蘇杭的城市建設、民生改善、人文營造所作出的功績彪炳千秋；作爲詞人，他們交遊唱酬，吟詠山水風光，摹寫都市風情，題壁書扁，刻石臨水，篇篇名作宣揚了蘇杭名氣，種種言行馥鬱了蘇杭氣質，累累文字記錄了蘇杭變遷。

一、江山有幸仗群才——作爲官員的詞人對蘇杭的作用

宋代與士大夫共治理天下，官員文化修養普遍較高，儒家淑世精神和文人的風流閒雅融合於一身，爲官一方，往往既立事功造福百姓，又能發閒情而馥鬱城市。「錢塘風景古今奇，太守例能詩」，范仲淹、蘇軾是蘇杭官員中的代表人物，除他們之外的蘇杭官員也都在蘇杭的城市建設史上寫下過屬於自己的淡墨重彩。

（一）杭城山水歸眼底，桑梓憂樂到心頭——范仲淹與蘇杭

救災治荒，改善民生

宋仁宗景祐元年（1034）六月，范仲淹由睦州移知蘇州，時蘇州適逢水災，十萬戶災民民不聊生，他到任後即往周邊查勘水情，提出「疏五河，導積水入海」的正確方法，先疏導吳淞江，再疏導其餘入海支流。同時，范仲淹將治水和治田同步進行，最終使蘇州東南面的水流入松江，西北面的注入長江，既消除了水患，又保障了蘇州、湖州等地的農業，造福於周邊。

皇祐元年（1049），范仲淹知杭州，再次憑藉其靈活的救荒才能，利用杭州民風，用祥和的方式平復了一場饑災。沈括在《夢溪筆談》卷一一曾對之做了十分明確的記載：「皇祐二年（1050），吳中大饑，殍殣枕路。是時，范文正領浙西，發粟及募民存餉，爲術甚備。吳人

喜競渡，好為佛事。希文乃縱民競渡。太守日出宴於湖上，自春至夏，居民空巷出遊。又召諸佛寺主首諭之曰：饑歲工價至賤，可以大興土木之役。於是諸寺工作鼎興。又新敖倉吏舍，日役千夫。監司奏劾杭州不恤荒政。嬉遊不節，及公私興造，傷耗民力。文正乃自條敘所以宴遊興造，皆欲以發有餘之財以惠貧者。貿易飲食工技服力之人，仰食於公私者，日無慮數萬人。荒政之施，莫此為大。是歲兩浙惟杭州晏然，民不流徙，皆文正之惠也。歲饑發司農之粟，募民興利，近歲遂著為令。既已恤饑.因之以成就民利，此先王之美澤也。」〔註33〕可見，在整個救災過程中，范仲淹因勢利導，採取靈活政策，使老百姓平緩祥和地度過了難關，真乃救荒史上的一大創舉。

建立郡學，尊重文化

范仲淹是一位具有真知遠見的政治家，認識到國家之憂患，莫大於缺乏人才。他身體力行，率先在蘇州用自己買到的風水之地建立郡學，並延請當時有名的胡瑗「受當師席」，憑藉自己的遠見之舉，使得蘇州教育事業一時領先全國，尤其直接使得慶曆四年仁宗下詔規定全國各州郡都建立學府。鄭元祐《學門銘》對范公之舉贊到：「天下郡縣學莫盛於宋，然其始亦由於吳中，蓋范文正公以宅建學，延胡安定為師，文教自此興焉」。〔註34〕對宋代政治而言，范公建立郡學之舉正是順應和輔助了宋代與士大夫治理天下的宗旨，可謂功德蓋世！范公以一人之力，弘揚了整個國家向學之風，遺澤萬世！

范公對蘇杭郡風的影響，除建立郡學之外，還以身作則，尊重當地文化名人，蘇州延請胡瑗是一例，在杭州期間也不忘尊重名人褒揚名人，著名隱士林和靖以及佛界日觀法師都與范仲淹私交甚好，他為

〔註33〕【宋】沈括，侯真平校點《夢溪筆談》卷一一，嶽麓書社，2002年，第85頁。

〔註34〕【清】馮桂芬纂，李銘皖、譚均培修《（同治）重修蘇州府志序》卷二四，中國地方志集成江蘇府縣志輯蘇州府志，江蘇古籍出版社，1991年，第127頁。

日觀法師撰寫《天竺山日觀大師塔記》，既順應杭民重佛事的民風，又爲民眾尊尚有德之人做了榜樣。

自身典範，遺澤千秋

范仲淹治杭期間深得民心，朋友子弟紛紛勸他在杭州購建一宅第園林，以備致仕逸老。范仲淹聽後斷然拒絕，他說：「西湖乃天下之西湖，我豈能與民爭利，將寶地占爲一家私有！人苟有道義之樂，形骸可外，況居室乎？吾今年踰六十，生且無幾，乃謀樹第治圃，顧何時而居乎？」〔註35〕他用所有的積蓄和俸祿在蘇州近郊買了千畝良田，取名「義田」，建立范氏義莊，使本族子弟「日有食，歲有衣，嫁娶凶葬皆有贍。」宋人錢公輔所撰《義田莊》專記此事：「范文正公，蘇人也，平生好施與，擇其親而貧、疏而賢者，咸施之。方貴顯時，與其里中買負郭常稔之田千畝，號曰義田，以養濟群族。族之人日有食，歲有衣，嫁娶婚葬皆有贍。擇族之長而賢者一人主其計，而時其出納焉。日食人米一升，歲衣人衣一縑，嫁女者錢五十千，娶婦者二十千，再嫁者三十千，再娶者十五千。葬者如再嫁者之數，葬幼者十千。族之聚者九十口，歲入粳稻八百斛，以其所入給其所聚，需然有餘而無窮。仕而家居俟代者預焉，仕而居官者罷其給，此其大較也。」〔註36〕范氏義莊作爲中國歷史上第一例社會賑恤組織，開創了私人慈善組織的先例，在中國的慈善歷史上具有難以估量的意義。《吳門表隱》中對此現象進行過描敘「數百年後，聞風興起者，有若申文定時行」〔註37〕，可見數百年內私人義莊已經蔚然成氣候。范氏義莊一開義莊先河，立即成爲全國的榜樣，自此各地大族紛紛購置田地仿傚，義莊延綿不絕，影響力之廣泛與深遠難以估量。

〔註35〕 【宋】趙善璙《自警編》卷三，上海古籍出版社，第 264 頁。
〔註36〕 【宋】呂祖謙《宋文鑒》卷八十，中華書局，1992 年，第 1157 頁。
〔註37〕 【清】顧震濤《吳門表隱》卷六，江蘇古籍出版社，1986 年，第 73-77 頁。

依戀蘇杭，終成遺憾

蘇州是范公的桑梓之地，對其意義自是非凡，而其對杭州也是眷戀不已，有歸依之遺願。根據《謝依舊知鄧州表》，可知公當時是自己請求任職杭州。他拒絕購宅寓居杭州，是他秉承一向以民為重的宗旨，並不表示他不想居於杭州。仕杭一年，他對杭州是有感情的，內心也希望能致仕後寓居於此。離杭後的次年，他寫下了《憶杭州西湖》的絕句：「長憶西湖勝鑒湖，春波千頃綠如鋪。吾皇不讓明皇美，可賜疏狂賀老無？」離去之後的「長憶」流露了他對西湖的無限喜愛和留戀，末句引用唐明皇賜賀知章歸老鑒湖的典故，西湖的風景比鑒湖還要美麗，現在的皇帝也堪比唐明皇，那麼賜他歸老西湖有希望的吧？范仲淹一生「先天下之憂而憂，後天下之樂而樂」，終日為國計民生而辛勞奔波，自己的終老計劃只能深藏於心。遺憾的是，一代忠臣寫完此詩第二年便卒於宦位，最終未能等到歸老於杭州的一天。

范仲淹對於蘇杭，意義非凡，不僅為蘇杭城市建設的民生方面多有善舉、義舉、偉舉，更重視兩地的民風建設，對於蘇杭文化氛圍的營造、道德風範的建立都功不可沒；同時，他本人的思想品行也為後世士大夫樹立了楷模，可謂「文足以安邦，武足以定國，德足以傳世」，璀璨了蘇杭城市的歷史天空。

（二）三吳都會遇詞人，西湖風月屬東坡──蘇軾與杭州

「錢塘風景古今奇，太守例能詩。」蘇軾在判杭期間，為送別陳襄所作《訴衷情·送述古迓元素》一詞中如是評價杭州，東坡吟詞時候應該想不到，千年之後，杭州歷代太守中流芳千古的第一詞人當屬自己。如果說，范仲淹對蘇杭百姓的是儒家的一片用世之心；而蘇軾除有安撫民生之德，他對杭州更重要的是用一顆文人的藝術之心觀照杭州的山水，這一份藝術修養將蘇杭的文化品位提升到更高的層次。

救災活民，改善民生

元祐四年，蘇軾累章請郡，除龍圖閣學士知杭州。也許是杭州要考驗這位二次仕杭的故人，蘇軾初到杭州便相繼遇到了旱災和洪災，飢饉和病弱成爲杭城的首要民生問題。這是對蘇軾執政的一大挑戰，也正是這一挑戰使蘇軾奠定了自己在杭民心中的牢固地位。蘇轍《亡兄子瞻端明墓誌銘》對詞人到杭州後的一系列活民措施記敘甚詳：「歲適大旱，饑疫並作，公請於朝，免本路上供米三之一，故米不翔貴，復得賜度僧牒百易米以救饑者。明年方春，即減價糶常平米，民遂免大旱之苦。公又多作饘粥藥劑，遣吏挾醫，分坊治病，活者甚眾。公曰：『杭，水陸之會，因疫病死比他處常多。』乃裒羨緡得二千，復發私槖得黃金五十兩，以作病坊，稍畜錢糧以待之。至於今不廢。是秋，復大雨，太湖泛溢害稼。公度來歲必饑，復請於朝，乞免上供米半，又多乞度牒以糶常平米，並義倉所有，皆以備來歲出糶，朝廷多從之。由是吳越之民，復免流散。」〔註38〕面對杭城的旱災、疫病以及相繼而來的洪災，蘇軾本著一顆愛民之心，通過減稅，開倉糶糧，設立病坊，再減稅、糶糧等有針對性的措施使處於危難中的杭民得以恢復生活。

眼前的困難解決之後，蘇軾開始解決杭城長期積存的儲蓄灌漑問題。他「濬茅山、鹽橋二河」，「復造堰閘，以爲湖水畜泄之限，然後潮不入市，且以餘力復完六井」。又巡視西湖，「取葑田積之湖中，爲長堤以通南北，」既解決了葑田遮湖弊病，又溝通了西湖南北交通，自此「去而行者便矣」，而「湖當不復堙塞」。在這一系列大刀闊斧的改造中，最成功的當屬「蘇堤」的建立，「堤成，植芙蓉、楊柳其上，望之如圖畫，杭人名之蘇公堤。」蘇軾憑藉自己的聰明才智，完美解決了杭民用水、儲蓄灌漑、西湖淤塞、航運交通、美化景觀等多層次的城市建設問題，眞可謂一石三鳥。隨後，又興工濬治運河，便利了杭州和周邊的聯繫，爲杭州的向外發展寫下了重要一筆。

〔註38〕 【宋】蘇轍《欒城集》，上海古籍版版社，1987年，第1410頁。

　　杭州以西湖而著名,而西湖則因蘇軾才眞正在當時的幾十處西湖中脫穎而出。元祐五年〔1090〕四月,也就是到杭的第二年,蘇軾上《乞開西湖狀》,興功開西湖。唐代,白居易任職杭州時,曾疏濬西湖。宋朝,西湖有幸再次在一位文人手中開啓了新的生命狀態,杭城的眉眼也因此明麗起來。蘇軾看問題高瞻遠矚,爲了保證西湖的疏濬工作年年延續,他將一部分湖面劃出種植菱角,並用行政法令將收入規定爲西湖治理的費用,專款專用。同時,他在湖中修鑿了三座小石塔,作爲種菱區的標誌。蘇軾藝術的心靈總是創造意外的藝術驚喜,這三座石塔後來成爲著名的景點「三潭印月」。蘇堤的花紅柳綠、三潭印月的月影閃爍,蘇軾爲官一任造福一方,將杭州將西湖治理地詩情畫意。蘇軾給了西湖兩個功用,一是造福爲民,一是愉悅於民。正是這兩者的共同存在,才使得西湖不再僅僅是一條灌溉用湖,也不僅僅是一處用來欣賞的景點,前者讓其厚重而有內涵,後者讓其浪漫而充滿風情。雍正《西湖志》評價西湖:「地雖勝,而非有利於民有益於國家。不足以供山人遊客搜奇攬勝之資。……利於民而有益於國家矣,而其地勿勝,無往跡前事可考據,則其名亦勿著。杭之西湖,近在郭門,外出湧金錢塘清波三門。昂首注目,四山周遮,水天一碧,無登涉搜攬之煩,而全湖之勝,蕩胸填膺,高下在目。六合之內不乏名勝,求其與闤相接。郭內外之民,朝斯夕斯,一舉足即食湖之利。舉天下名山川莫若與之媲也。」〔註39〕

　　蘇軾成就了西湖,而西湖也洗滌了蘇軾的宦場風塵,滋潤著他的藝術之源。檢讀蘇軾此後的西湖詩詞,如《南歌子‧湖景》、《南歌子‧遊賞》、《南歌子‧寓意》、《南歌子‧和前韻》、《南歌子‧晚春》等等,歡樂之情總是溢於字裏行間。這是一位具有愛民思想的士大夫在眞正爲百姓謀利之後的欣慰,也是父母官得到百姓認同之後的成就感,更是一位心中充滿美的詞人在親手創造了美好之後的

─────────────────

〔註39〕【清】李衛等修,傅玉露等纂《西湖志》,清雍正十三年刊本,成文
　　　　出版社,1983 年,第 1～2 頁。

滿足。蘇軾熙寧五年判杭時，黃庭堅與王直方的信件《與王立之承奉直方》曾感慨道蘇軾：「出牧餘杭，湖山清絕處，蓋將解其天弢，與斯人爲得其所。」〔註40〕蘇軾知杭，得其所的既是蘇軾本人，更有杭州的湖山。所謂「湖山解天弢，江山助詩才」，同時「杭州巨美，得白、蘇而益章。」〔註41〕，詩人也燦爛了江山。

除了爲全杭州的人民造福之外，作爲一位文學修養的詞人，蘇軾既參加公共酒宴，也與朋友喝酒助興。宋代蘇杭地區官妓興盛，官妓經常參與政府的活動，因此蘇軾有很多機會接觸到一些歌妓。他感於部分歌妓渴望落籍的執著，判官妓從良，還她們以自由。《澠水燕談錄》卷十：「子瞻通判錢塘，嘗權領州事；新太守至，營妓陳狀詞，以年乞出籍從良。公即判曰：『五日京兆，判狀不難，九尾野狐，從良任便。』有周生者，色藝爲一州之最，聞之亦陳狀乞嫁。惜其去，判云：『慕周南之化，此意雖可嘉；空冀北之群，所請宜不允。』」〔註42〕爲官妓落籍或許沒有疏濬西湖那樣功績卓著，但對於落籍官妓來說，他還給她們新的生活，是人文主義的局部關懷。

心中故鄉，無盡留戀

蘇軾疏濬西湖，造福於民，他遊賞吟詠西湖，讓她在自然的魅力之外再添文學韻味。詞人和杭州是如此的相得益彰，在杭州的這幾年是蘇軾生命中一段美好的日子。他把杭州作爲自己的第二故鄉，「未成小隱聊中隱，可得長閒勝暫閒。我本無家更安住，故鄉無此好湖山」，《和張子野見寄》說：「前生我已到杭州，到處長如到舊遊。更欲洞霄爲隱吏，一庵閒地且相留」；《送襄陽從事李友諒歸錢塘》詩中也道：「居杭積五歲，自憶本杭人。故鄉歸無家，欲買西湖鄰。」很有歸隱杭州的意願。阮元爲西湖的蘇文忠公祠撰寫的對聯道出了杭州

〔註40〕 【宋】黃庭堅《黃庭堅全集》，四川大學出版社，2001年，第1785頁。
〔註41〕 【明】田汝成《西湖遊覽志餘》，上海古籍出版社，1958年，第170頁。
〔註42〕 【宋】王辟之《澠水燕談錄》卷十，中華書局，1985年，第88頁。

百姓的心聲：「欲共水仙薦秋菊；長留學士住西湖。」杭州的人民願意永遠留下他們的市長，西湖也願意留住那個賦予了她靈性的詞人。不過，北宋時期，杭州還只是一處州郡，不能與時為都城的汴京相比。對於懷有兼濟天下之志的蘇軾，他自然希望能有更大的舞臺造福更多的百姓。「無妨思帝里，不合厭杭州。」（白居易《五月十五日月夜》）蘇軾元祐六年還朝，最終離開杭州。

　　作為官員的詞人，他們造福蘇杭。丁謂雖為一代奸臣，但為官桑梓，也為鄉里請於朝，特免丁錢，鄉人德之。趙抃兩度守杭，熙寧三年重懲無賴子弟，肅清民風。熙寧十年（1077），又奏請罷免築城，保持民力。胡松年知平江府，「未入境，貪吏解印斂跡，以興利除害十七事揭於都市，百姓便之」〔註43〕，憑藉自己的高風亮節而威震一方。張孝祥知平江府，捕治不法豪富，並奏請免或擱置兩浙州郡三等一下戶所欠科稅，減輕百姓負擔。吳淵淳祐七年（1247）遷兵部尚書、知平江府兼浙西兩淮發運使。「尋兼知平江府，歲亦大侵，因淵全活者四十二萬三千五百餘人。」〔註44〕作為仕宦蘇杭者，他們來蘇杭，是官員，在逐樂享受之前，首先要盡職盡責，為蘇杭的百姓謀利。他們也是文人，在蘇杭歷代官員中，能赫然而被這個城市記住的，除了本職工作，被津津樂談的還有他們對這個城市的人文貢獻。

　　宋代崇文抑武，江南一帶更是崇尚風雅。「江南名郡數蘇杭，寫在殷家三十章。」（白居易《見殷堯藩侍御憶江南詩三十首，詩中多敘蘇杭》）。一個城市的文化積澱和城市風格的形成，離不開核心人物的引領和倡導。宋代文人尤其是仕宦於蘇杭的文人，他們本身到來即是蘇杭文化史上的一個亮點，人物的精神氣質會影響城市的風貌。再次他們興建亭臺樓榭，追慕先賢，吟詠人物風光，加深並延續了整個城市的文化氛圍。

〔註43〕【元】脫脫《宋史》卷三百七十九，中華書局，1977年，第11697頁。
〔註44〕【元】脫脫《宋史》卷四百一十六，中華書局，1977年，第12466頁。

蘇舜欽仕途不順而寓居吳中，築造滄浪亭，以安放身心；南宋，滄浪亭爲韓世忠而有，上至高宗，下至名臣趙鼎、吳潛、文人吳文英都曾遊歷此處，成爲蘇州一處人文佳境。張先修葺如歸亭，弘揚了蘇州的退隱文化。趙抃第二次守杭期間，爲吳越國王修墳廟，立「表忠觀」（即原來的妙音院），蘇軾撰寫碑記，保存了杭城的文化遺跡。蔡襄知杭州，建清暑堂，成爲文人的雅會之所。向子諲仕蘇州，題名虎丘觀音殿；蔣璨守蘇，紹興二十八年，建平易堂、思賢堂、池光亭的小山芳坻修葺北池、木蘭堂並各有賦詠。韓世忠於平江私邸建閣藏御書；范成大築造石湖別墅，爲蘇州再添人文園林。岳飛葬於杭州，江山有幸埋忠骨，杭州的山水得以多了一抹英烈之氣。張孝祥爲滄浪亭飛虹橋書寫匾額，滄浪亭的文化形象更加飽滿。林逋一生梅妻鶴子，可稱千古高風，是杭州精神的一大標杆。

詞人的蘇杭行蹤，謀利於蘇杭的當世，豐富了城市的歷史，弘揚了城市的精神，也延續了城市的生命。

二、山川靈境，藉文人以傳──作爲文士的詞人對蘇杭的影響

城市的美有多個層次，自然賦予她以美感，人見之而悅目；文化賦予她以靈性，人望之而思遠。沒有文化的城市是貧瘠的，表面的，淺薄的。城市審美層次的深化需要文化的滋養。城市文化氣質的獲得途徑就是歷代文人的摹寫和吟詠，有了文人詞章的記錄和宣揚，城市才有了韻味，有了內涵，有了歷史厚重感，形象才能逐漸豐滿起來。北宋，仕宦蘇杭者多當世名流，文學修養較高；南宋，作爲京師的杭州以及周邊的蘇州自然更是吸引文人騷客無數。蘇杭，正是因留下了文士的痕跡，才顯示出其獨特的文化風格，才卓然於江南諸郡之中。蘇杭的景物也從最初一個普通的園池，一眼不知名的泉水，而彰顯於世聞名於史。詞人對於蘇杭城市所起的人文作用按深入層次而分，大致有宣揚、增染與記錄三類。

（一）揚名蘇杭

審美的前提是認知。一座城市要被人接受甚至被讚美，首先必須讓人知道它的存在，有瞭解和到達的欲望。由於古代交通的局限，人們瞭解離自己較遠的地方，缺少必要的設備。現代的影像資料可以瞬間將城市形象展示和挪移。在宋代，這種遠距離感知只有通過口耳相傳和閱讀兩種途徑。相對於普通人的描述，文人名士的吟詠和書寫具有更高的權威性、可信度，更廣的傳播範圍。

自唐宋代以來，經濟和文化中心逐漸南移，這南移正是對南方認知加深的結果。而江南諸郡中，蘇杭顯得尤其出色，激發更多的人需要瞭解蘇杭。從詞這一角度講，白居易拉開了蘇杭宣傳的序幕，一曲《憶江南》爲蘇杭做了第一支廣告，將蘇杭的特殊風情展現於當時人的眼前。自此，越來越多的詞人開始書寫蘇杭，蘇杭在中國的城市畫卷中也越來越清晰耀眼。

繼白居易《憶江南》之後，潘閬在嘉熙年間以詠錢塘而出名。《酒泉子》描摹杭州湖山勝概，提升了杭州知名度。《古今詞話》記載曰：「潘閬有《憶西湖》、《虞美人》一闋於時盛傳。東坡愛之，書於玉堂屏風。」〔註45〕可見，當時遠在四川的蘇軾通過詞作瞭解到了杭州，也爲後來蘇公請郡杭州，爲蘇公和杭州的千年之緣牽了紅線。潘閬《酒泉子》中展現的是杭州清新秀麗的一面。不久，柳永一首《望海潮》則增添了杭州作爲都市繁華的新一面，徹底在全國打響了杭州的名聲。不僅皇帝宋仁宗讚美杭州「地有湖山美，東南第一州」，詞的影響力還擴大到國外，羅大經《鶴林玉露》載：「此詞流播，金主亮聞歌，欣然有慕於『三秋桂子，十里荷花』，遂起投鞭渡江之志。」〔註46〕可見，柳永一詞，杭州名氣大噪。《望海潮》一副杭城的寫意畫，畫的是杭州的整體面貌，人們通過詞感知到杭州的美，這種美是客觀感知

〔註45〕　【宋】楊湜《詞品》，《詞話叢編》本，中華書局，1986 年，第 21 頁。
〔註46〕　【宋】羅大經《鶴林玉露》丙編卷一，中華書局，1983 年，第 241頁。

的，而將這種美更明確地表達出來，卻要歸功於歐陽修的《有美堂記》。嘉祐四年（1059）八月二十五日歐陽修應江陵知府梅堯臣之請，爲其知杭州時所建有美堂作記。歐公一篇《有美堂記》成就了有美堂，也第一次點明杭州兼具「山水登臨之美，人物邑居之繁」的獨特優勢。這篇文章對於杭州來說，就是《望海潮》的續篇，將杭城的美麗深入了一個層次，與其它的城市區別開，杭城開始顯示出第一無二的魅力。經過幾位大詞人的宣揚，到北宋前期，杭州已成爲士大夫眼中的「上郡善地」。如范仲淹《杭州謝上表》中就深以守杭州而爲榮：「江海上游東南巨屛，所寄至重要，爲榮極深」。〔註47〕

　　前面幾個詞人所書寫的都是杭州的整體風貌，後續詞人開始更具體細緻地描寫杭州，開拓了杭城之美的第二個層面，爲杭州知名度錦上添花。清獻公趙抃，擅長詩詞。他圍繞西湖的人、事和景物，寫了多篇膾炙人口的詩篇，只《杭州八詠》便涵蓋了有美堂、中和堂、清署堂、虛白堂、巽亭、望海樓、望湖樓、介亭八處地方。王安石杭州一遊，也寫下了自己對杭州山水形勝的體味，詩中出現的主要有望湖樓、聖果寺、仙姥敦、飛來峰四處景觀。張先遊歷於杭州多年，爲杭州寫詞甚多。他的詞作又從新的角度展現了杭州的面貌，如《何滿子陪杭守泛湖夜歸》，一句「千燈萬火河塘」將杭州的夜景寫得別有一番情趣。此詞是熙寧七年六月，陳襄離守南郡，宴僚佐而作，蘇軾也作有《虞美人》，其中「沙河塘裏燈初上」寫得正是同樣的景致。

　　對杭州之美拓開第三個層面的當屬蘇軾。詞人的藝術天賦決定了作品的藝術高度，也間接影響了客體被描寫的深度。杭州有幸遇到蘇軾，杭州的景色在蘇軾筆下變得尤其豐潤起來。杭州景觀，受蘇軾恩澤最深的無疑是西湖。蘇軾一首《飲湖上初晴後雨》「欲把西湖比西子，淡妝濃抹總相宜」，以美人喻西湖，賦予西湖之美以生命，人人皆知西湖美，但每個人心中西湖的美是不同的，究竟美到什麼程度？

〔註47〕曾棗莊、劉琳編《全宋文》卷三七零，四川大學估計研究所，1990年，第454頁。

原來和西施一樣！這裏將西湖的美不只訴之於感受，同時也訴之於思考，又留出足夠的空間讓人去想像，眞是新奇別致，情味雋永。西湖從此有了生命。這一出色的比喻，被宋人稱爲「道盡西湖好處」，以致「西子湖」成了西湖的別名。「除卻淡妝濃抹句，更將何語比西湖？」後來的詩人詞客對西湖詠歎再多都只能作爲蘇軾這首詩的注腳。至此，杭州圓滿完成了她在中國城市史上的出場，她不再是「養在深閨人未識」的閨秀，而儼然已經成爲眾人趨之若鶩的名媛。

　　詞人摹寫杭城，是對杭州之美的一個傳達過程。任何美都不是先驗地、絕對地存在於客觀對象身上的，任何美都不是客觀對象固有的確定不移的某種屬性，而是主體向對象投射、對象向主體生成。由於主體的文化修養和認知程度有別，並非所有的主體都能明白客體所投射出的美感，此時就需要一個中介把客體的特質和美感表達出來。這一中介是十分必要的，對於客體，是一個展示的平臺和途徑；對於主體，則是一種認知的提高和身心的深層愉悅。在蘇杭兩郡的推廣方面，詞人正是起了這樣一個中介作用。詞人對於蘇杭景物的摹寫，對於蘇杭民風民情的吟詠，讓蘇杭人對鄉邦有更深入的瞭解，增強鄉邦自豪感；對於其餘外來者，則加速了其對蘇杭的感知。正是通過詞人、詞作傳達出杭州山水風情之美，杭州才得以具象於世人眼前。

　　「亭臺樹石之勝，必待名流宴賞，詩文唱酬以傳」。〔註48〕尤侗《百城煙水序》云：「文章藉山水而發，山水得文章而傳，交相須也」。〔註49〕錢大昕《虎阜志序》則以「虎丘」爲例證明文人對於山水城市的宣揚作用。「虎阜之在吳中，部婁爾，而名重海內，幾與九山十嶽等。……地居都會，文人學士觸詠於茲，揚譽者眾，得名較易耶？」

　　此外，我們也不能忽視核心人物在杭州揚名中間的磁力，比如蘇軾仕杭期間，多名詞人爲拜謁蘇軾而奔赴杭州。王安石到杭州亦是因

〔註48〕《吳縣志》卷三十九，中國地方志集成江蘇府縣志輯蘇州府志，江蘇古籍出版社，1991年，第624頁。

〔註49〕【清】尤侗《百城煙水序》，徐崧，張大純輯《百城煙水》，江蘇古籍出版社，1999年，第1頁。

拜訪范仲淹。潘閬到蘇州是要拜會王禹偁，姜夔載雪到蘇州也是拜謁范成大。正是蘇軾等著名詞人的核心力量，吸引了更多的文人聚會於蘇杭，而來的文人越多，詠寫的詞篇也就越多，蘇杭也便更有名氣。

這裏要注意的是，對於美的傳達者，詞人首先要賦予景物以感情，用心去觀照杭州，白居易和蘇軾的杭州詩詞之所爲廣爲流傳，是因爲蘇軾身心已融入這個城市，浸潤湖光山色有年，對城市有感情，忘卻「廟堂之上、江湖之遠」的所有憂慮，單純地、純粹地再現杭州之美，傳達出的美是鮮活的。王安石的杭州詩鮮有人知，儘管其是詩文的行家裏手，寫景狀物都爲精妙，但在感情上，終不免爲遊客，與杭州有情感上的隔閡，無法作爲杭州的形象代言。

蘇州的出名比杭州要早，而且在宋之前的歷史上一向以名郡揚名在外，所以蘇州在宋代早已完成了揚名的第一步，所以蘇州的在詞人筆下的形象比較穩定，而蘇州詞的影響力是對名聲的鞏固，自然也不像杭州一樣會造成如此強烈的轟動。

（二）創美蘇杭

詞人對於蘇杭的更深一層作用，除了傳達城市本身的資質之外，他們的「名人效應」還會爲蘇杭增添新的魅力。因爲詞人的遊蹤，蘇杭一些普通的地點被人爲籠上了光環，自此成爲蘇杭的地標性景觀。

以王禹偁爲例，葉夢得《石林詩話》卷下記載：「姑蘇南園，錢氏廣陵王之舊圃也。老木皆合抱，流水奇石，參錯其間，最爲工，王翰林元之爲長洲縣宰時，無日不攜客醉飲，嘗有詩云『他年我若成功後，乞取南園作醉鄉。』今園中大堂，遂以「醉鄉」名之。」〔註50〕姑蘇南園，作爲「園林之城」蘇州的一處園池，景色與其它園林相比，應該說沒有特殊之處。然而，因爲王禹偁「無日不攜客醉飲」於此，南園便不再是原來的「南園」，而成爲王禹偁在蘇州的標誌，被永遠地記錄在冊。

〔註50〕 【宋】葉夢得《石林詩話》卷下，引自何文煥《歷代詩話》，中華書局，1981年，第429頁。

　　宋代詞人中對蘇州的吟詠爲蘇州添彩的還有幾例。其一，賀鑄之於橫塘。「橫塘」作爲蘇州一個並不顯著的地點，賀鑄《青玉案‧淩波不過橫塘路》（又名《橫塘路》）一出，而成爲蘇州最有浪漫風情的地點，在抒寫愛情的詩詞中被廣泛比興。黃庭堅《豫章黃先生文集》卷十一《寄方回》詩：「解道江南斷腸句，只今唯有賀方回」。《青玉案》被世人譽爲「絕唱」，廣爲流傳。而蘇州也因「名人效應」於隱逸文化之外，更多了一種浪漫迷離之美。其二，蘇軾杯酒垂虹亭。垂虹亭是蘇州吳江利來橋上一所普通的亭子。在這裏可以概覽吳淞江的宏偉景象，而眞正使其名揚千古的是蘇軾、張先等人置酒垂虹亭。蘇軾《記遊松江說》記載：「吾昔自杭移高密，與楊元素同舟，而陳令舉、張子野皆從余過李公擇於湖，遂與劉孝叔俱至松江。夜半月出，置酒垂虹亭上。子野年八十五，以歌詞聞於天下，作《定風波》令。」〔註51〕儘管當時各人所賦詞作均已失散，但置酒垂虹卻爲垂虹亭增添了無盡的人文意味和風雅氣質。此外，紅梅閣因吳感而出名亦爲當時之美談。

　　王行《半軒集》曾提及士大夫流寓蘇州的文化意義：「中吳古多士，自宋渡南，吳爲三輔近地，大夫士多僑寓者，故文物爲尤盛焉。」〔註52〕文人的筆墨和行跡爲城市增添了許多曠世奇景和人文景觀。文人的筆墨，一旦與風光揉和到一起，成爲名勝佳跡，便是永遠也抹煞不掉的存在。這樣既彌補了未能親見美景的人們之遺憾，又能激起欣賞過美景人們的共鳴。江山因名人和名文而聲名遠揚，更添韻味。杭州西湖裏的蘇堤春曉一景，只有也必須經白居易和蘇東坡二公之手才具有了別樣的文化韻味。城市的風物因爲融入了詞人的情感和理想寄託，而超越其本身的景物特質，代代相傳，逐漸凝聚成城市的文化符號和文化象徵。

〔註51〕【宋】蘇軾撰，王松齡點校《東坡志林》卷一，中華書局，1981 年，第 3 頁。
〔註52〕【明】王行《半軒集》卷四《何氏園林記》，文淵閣四庫全書本，第 336 頁。

張預重刻《山中白雲詞》跋中寫道的西湖則和北宋詞人筆下的西湖完全二致：「西湖故多沉憂善歌之士，自南渡之季，故家遺老，愴懷禾黍，山殘水剩之感，風僝月憾之思，流連紓鬱，忍俊不禁，往往託興聲律，借抒襟抱，其尤工者，比物儷事，言促意長，後之人推尚其作，至比於草堂詩史，謂興亡之跡，於是乎繫焉。」可見，北宋人眼中秀麗如西子的西湖到了南宋，歷經亡國之變，在宋末詞人的血淚浸泡之下，又多了一種傷感之痛、亡國之悲。

> 去年秋。今年秋。湖上人家樂復憂。西湖依舊流。
> 吳循州。賈循州。十五年前一轉頭。人生放下休。
> ——無名氏《長相思》

西湖景色依舊，但政治處境多變，牽動著湖邊詞人的情緒起伏，詞中的西湖也隨之被籠罩上各種氛圍。太平時期，春之日，秋之夕，遊人士庶歌詠太平優遊化日，景物之間別具太和翔洽之致。危難之際，依然是同樣的季節和景物，透露的卻是肅殺之氣。西湖所擁有的這兩張不同的面孔，杭州歡快悲戚的兩種氣質，都是由詞人反覆詠唱而凝結於詞的審美之中。

（三）記錄蘇杭

詞作為文學體式的一種，擅長抒情，而短於記事。詞中所展現的情景和狀態往往帶有詞人的主觀感情。周濟說：「北宋主樂章，故情景但取當前。」即使如此，因為北宋初期把詞視作「小道」，這種輕視的創作態度使得詞人很少用詞來記錄嚴肅或重大的事件，即使有隻言片語，也多側重於當時當地的感受。所以詞作為文獻記錄的功能無法和其它文體並論。但是，換一個角度而言，作為主觀色彩特別濃重的文體，詞記錄了一個個體的心路歷程和狀態。而這些個體是生活於蘇杭城市中的鮮活的一份子。從這個意義而言，詞也記錄了蘇杭的角角落落，只不過以一種局部的、瑣細和含蓄的方式。綜合所有的蘇杭詞作，我們依然可以看到蘇杭的民生百態和芸芸眾生之像。蘇杭作為一座城市，對於當時的詞人，不僅是滿眼的鮮花

美景，更是休養生息、休棲依止的港灣。

　　蘇杭詞的記錄作用，南宋杭州詞體現更明顯。南宋的杭州經歷了歷史的風雲突變，從高宗南渡駐蹕於此，帶來了城市史上的一次翻天覆地的變化，地位的空前提高，人才的大量流進，城市建設逐步完善，是整個南宋的代表，到處是烈火烹油般的熱鬧。德祐二年（1276），元兵攻破臨安，一場繁華至此落幕。南渡的詞人猶未從東京的繁華夢中緩過神來，南宋的繁華匆匆上演又迅速結束。「舊說夢華猶未了，堪嗟。才百餘年又夢華。」蔣捷《南鄉子・塘門元宵》所訴說的正是當時人對於南宋滅亡突至而措手不及的茫然。歷史似乎和杭州開了一個玩笑，城市興亡變化如此之快在詞人的心中產生了巨大落差。儘管詞不會像文章一樣具體去描述這場變化造成的城市面貌的改變，但是詞彌補了詩文所缺少的這場巨變對時人心理的衝擊。記錄歷史，既要記錄物質的變遷，也應關注精神的動蕩。而杭州詞無疑展示的是一場浩劫所帶給城市居民的心理變化。一個個詞人個體的心聲彙成了當時杭州亡國民眾的心理共同寫照。舉詞爲證，爲了更好地證明觀點，我們選擇以最能體現宋代城市風貌的上元詞作爲例子。

　　　　囂塵盡掃，碧落輝騰，元宵三五。更漏永、遲遲停鼓。天上人間當此遇正年少、盡香車寶馬，次第追隨士女。看往來、巷陌連甍，簇起星球無數。

　　　　政簡物阜清閒處。聽笙歌、鼎沸頻舉。燈焰暖、庭幃高下，紅影相交知幾戶。恣歡笑、道今宵景色，勝前時幾度。細算來、皇都此夕，消得喧傳今古。

　　　　排備綺席成行，爐噴嫋、沈檀輕縷。睹遨遊彩仗，疑是神仙伴侶。欲飛去、恨難留住。漸到蓬瀛步。願永逢、恁時恁節，且與風光爲主。——趙長卿《寶鼎現・上元》

趙長卿大概生活在南宋初期，比張孝祥稍晚，因此詞中所描寫的是南宋杭州上元節的盛況。「巷陌連甍，簇起星球無數」，「聽笙歌、鼎沸頻舉。」，當時的杭州完全是一片太平盛世景象，綵燈處處，笙歌聲聲，道不盡的繁華和喧鬧。

再來看宋亡後的杭成上元節：

　　　　翠幰夜遊車。不到山邊與水涯。隨分紙燈三四圣，
鄰家。便做元宵好景誇。

　　　　誰解倚梅花。思想燈球墜絳紗。舊說夢華猶未了，堪
嗟。才百餘年又夢華。——蔣捷《南鄉子·塘門元宵》

遊覽的花車僅僅在城裏兜轉，不見了星球綵燈，沒有狂歡的人群，沒有香車士女共喧闐，幾盞寒酸的紙燈鄰里之間隨意分一分潦草應景，人們就覺得十分滿足。與趙詞想比，同樣的城市，同樣的節日，氣氛和場景卻是天壤之別。昔日的南宋都城在最重要的節日裏竟然是這般蕭索淒清，經歷過盛世繁華的詞人豈能不感慨夢華之匆匆。

　　如果說趙長卿和蔣捷的個人遭際不同，人事飄零和歲華搖落都會影響詞作的客觀性，那麼再看同一個詞人在同一首詞中也多有記錄南宋滅亡前後杭城的變遷。

　　　　瓏山西峙，浙江東逝，誰餘一箭臨沖。鳳舞龍飛，地
靈人傑，當年樹此勳庸。強弩萬夫雄。令馮夷退舍，海若
潛鋒。擁石成堤，百川約束障西東。

　　　　至今人物蕃豐。仰功揚山立，德潤川容。樂極西湖，
愁多南渡，他都是夢魂空。感古恨無窮。歎表忠無觀，古
墓誰封。棹艤錢塘，濁醪和淚灑秋風。——陳德武《望海潮·
錢塘懷古》

這首詞記錄了杭州吳越國時期、南渡時期以及宋亡之後的百年變遷，從當初的「鳳舞龍飛，地靈人傑」到南宋時期的「樂極西湖」，再到「愁多南渡」，字裏行間，杭州百年悠忽而過。

　　詞畢竟是抒情文體，主觀性傾向較強。記憶映像的選擇，往往融織著主體情感的不同況味。當時詞人的心境、視角的轉移騰挪，都會影響景色選擇的視角。從寫實到寫意，政治的衝擊對一個城市的影響往往反映在民眾的精神狀態中。追蹤這些隱藏在詞中的閃爍不定的痕跡，有助於我們瞭解一個城市的精神本質。從張炎的詞中我們就可以看出不管政治如何變化，休閒遊樂風氣都是杭州的重要風格。如張炎

《高陽臺‧西湖春感》：

> 接葉巢鶯，平波卷絮，斷橋斜日歸船。能幾番遊，看
> 花又是明年。東風且伴薔薇住，到薔薇、春已堪憐。更淒
> 然。萬綠西泠，一抹荒煙。

> 當年燕子知何處，但苔深韋曲，草暗斜川。見說新愁，
> 如今也到鷗邊。無心再續笙歌夢，掩重門、淺醉閒眠。莫
> 開簾，怕見飛花，怕聽啼鵑。

麥儒博《藝蘅館詞選》評價此詞「亡國之音哀以思。」〔註53〕詞作於
德祐元年（1275）〔註54〕。德祐二年臨安被攻破，可見作者寫作此詞
時，南宋滅亡已成定局，國土飄搖，江山換劫，昔日杭人遊樂之處西
湖一片慘淡迷離的亡國之象。

> 西浙冬春間，遊事之盛，惟杭為然。余舟舟老矣，始復
> 歸杭。與二三友行歌雲舞繡中，亦清時之可樂，以詞寫之。

> 舟艤鷗波，訪鄰尋里愁都散。老來猶似柳風流，先露
> 看花眼。閒把花枝試揀。笑盈盈，和香待剪。也應回首，
> 紫曲門荒，當年遊慣。

> 簫鼓黃昏，動人心處情無限。錦街不甚月明多，早已
> 驕塵滿。才過風柔夜暖。漸迤邐、芳程遞趲。向西湖去，
> 那裏人家，依然鶯燕。——張炎《燭影搖紅》

黃佘《山中白雲詞箋》卷三考證詞的寫作時間：「此詞於元成宗大德
三年（1299）作者五十二歲時作。」〔註55〕張惠言評價此詞：「市朝
已改，歌舞依然，可當慟矣。……洛邑頑民，真有古風，後世更不可
得。」自德祐二年臨安城破，到大德三年，二十四年的春秋，杭州已
經將一切榮辱興亡消解，一切的確都過去了，作為杭州的地標，西湖
的千頃碧波依然平穩如鏡。杭城就像當初接受南渡的突然上位，也很

〔註53〕梁令嫻《藝蘅館詞選》中華書局，1935年，第170頁。
〔註54〕【宋】張炎著，黃佘校箋《山中白雲詞箋》，轉引自吳熊和《唐宋詞
彙評》，浙江教育出版社，2004年，第4162頁。
〔註55〕【宋】張炎著，黃佘校箋《山中白雲詞箋》，轉引自吳熊和《唐宋詞
彙評》，浙江教育出版社，2004年，第4205頁。

快接受了南宋的滅亡，民眾已經從國破的歷史中走出來，鶯鶯燕燕的快樂重新在西湖上演。步入人生之暮的詞人，經歷了世事滄桑之後，也能夠心態平和地去享受眼前。詞人記錄了南宋滅亡後二十年的杭州，也通過自己的心態透露了已擺脫戰亂的百姓的精神面貌。

綜上，作爲蘇杭城市的特殊記憶，杭州詞從個體的、微觀的、心理的角度展現了杭州的百年變遷。與詩文相比，詞的記錄功能缺少宏大的敘事場面，卻能滲入內裏，關注到細節，對後世的觸動更爲透徹。

結　語

　　前面，我們考察並探討了 115 位詞人的蘇杭行蹤。斑斑遊跡，歷歷往事，宋代詞人在蘇杭之行無論仕宦、遊賞，還是寓居於此，生長於斯，蘇杭在詞人的一生軌跡中都留下了吳門煙水、湖山風月的浸染，而詞人也爲蘇杭城市建設做了流芳千古的貢獻。通過詞人在蘇杭的停留接觸，宋詞和蘇杭得以互相滲透互相影響。宋代詞人爲宋詞與蘇杭縮結的這份情緣且深且遠，源遠流長。

　　從一定意義上講，宋詞和蘇杭的關係是詞人們共同選擇的結果，他們需要這樣一個美麗繁華的地方寄託心中的閒情與愛情，於是蘇杭在江南城市中突出而成爲人間天堂；他們也需要心靈的一個角落去容納這些情感心聲，於是曲子詞從散文詩歌等文體中卓然而出，以其獨特的文體特色和傳播方式承擔了這一重任。唐宋詞和蘇杭發生聯繫是偶然的，也是必然的。

　　宋詞與蘇杭歷史積澱而成的城市文化有互融性，宋詞比別的文體更能恰如其分地表現蘇杭城市文化中精緻、輕靈奢華而又略帶傷感的特質，同時本身又成爲蘇杭城市文化的一部分，進一步提升了蘇杭這種特色。宇文所安教授在《地：金陵懷古》中談到詩歌對金陵的接受時說到：「較之對眞正的金陵或是它那豐富的文學歷史的關切，我們的興趣更多地在於這座城市的一種情緒和一種詩的意象的構成，一種

構成這座城市被看方式的地點、意象和言辭的表層之物。」〔註1〕從中，我們也可以找到同樣的靈感去探尋宋詞對蘇杭的接受情況。

一、宋詞偏愛以蘇杭爲代表的江南景色

首先，詞作爲一種擅長描寫個人心緒和個人體驗的文體，對蘇杭的關注每個作家詞人都會有自己不同的經歷感受，蘇杭爲他們情感的發生、故事的發展提供了一個平臺，一個合適的氛圍，當他們站在自己的角度立場用詞的形式把鬱積於心的情感表達出來，自然會有選擇地攫取能夠符合他們的心境和展現他們情感的意象納入詞作。實際上，由於我國古代詩歌的意象化和蘊藉性特徵，詩歌中出現的許多生態事物和生態景觀具有某種共性，詩人們所最關注的景物，所生發的情感，所採用的傳達手法，都存在很大程度上的相似性。這些是歷代文學傳統積澱的結果。王羲之《蘭亭集序》談到世人感懷，說「雖世殊事異，所以興懷，其致一也。」當詩人們接受了前代詩文的大量審美薰染之後，再親身領略詩中所描寫的自然景觀，往往會不自覺地把頭腦中所儲存的前代文人的贊詠感慨融入自己的感受之中。錢鍾書先生說：「古代作家言情寫景的好句或者古人處在人生各種境地的有名軼事，都可以變成後世詩人看實物的有色眼鏡，或者竟離間了他們和現世的親密關係，支配了他們觀察的角度，限制了他們感受的範圍，使他們的作品「刻板」、「落套」、「公式化」〔註2〕。表現在唐宋詞中也是如此，詞本伴隨燕樂盛行而產生，最初多由歌妓於歌舞酒席之上演唱，作爲「遣興娛賓」的「里巷之曲」，詞的內容最初多寫愛情這就逐漸造成了詞爲「豔科」的定性。

其次，酒席脫離了仕宦的壓抑，要尋求輕鬆和快樂，因此文人在作詞時爲了迎合放鬆的氣氛，不由自主地會選擇一些美麗輕靈的意象。在自然意象方面，北方多高山大水，給人的感覺是高山仰止

〔註 1〕宇文所安《地：金陵懷古》，載樂黛雲，陳珏編選《北美中國古典文學研究名家十年文選》，江蘇人民出版社，1996 年，第 138 頁。
〔註 2〕錢鍾書《宋詩選注》，人民文學出版社，1989 年，第 161 頁。

的道德感和「逝者如斯夫」的滄桑感，這些自然和酒席上的氣氛，和吟詠豔情的主題不搭調。相比而言，江南柔美富麗的山水環境自然最適合纏綿輕鬆的詞調。江南的環境容易使人心安靜，臨水靜照，乘舟漂遊，比起在北方的高山和逝者如斯夫的大河旁邊，人們不再是產生人生天地間的渺小，在江南精緻的環境裏，我們可以心無掛礙，靜觀自己，靜觀萬象。宗白華先生談到藝術的空靈：「藝術心靈的誕生，在人生忘我的一刹那，即美學所謂『靜照』」〔註3〕。周濟《宋四家詞選》裏論作詞云：「初學詞求空，空則靈氣來」唯有空，才能容納萬境。王羲之：「在山陰道上行，如在鏡中游。」江南的景色無疑是最適合詞的情調，也總容易產生塡詞的心情。此外，文人詞的開端始於民間詞，白居易劉禹錫最初都是在南方學習民間詞而開始創作文人詞，意象方面難免會就近將周圍的景物納入作品；同時，白居易所創作的最有名的作品是《憶江南》，這三首詞是文人詞的開端，後世詞人在創作時候往往會不由自主地模仿白居易詞中的意象和意境，使得詞與江南開始密切起來。受這一傳統的影響，後期的詞人即使沒有去過江南，即使身不在江南，他的詞作也總是有意無意地帶有江南的氣息。客觀方面，歷史也給予了江南和蘇杭一個好的機遇。唐宋時期，隨著經濟重心逐漸轉移到江南，文人也開始向江南遷移，帶有南方普遍特徵的意象逐漸濃縮爲江南特有，甚至江南成爲詞在文化意義上的專屬地，而蘇杭在當時江南突出的地位也使得蘇杭在唐宋詞中的出鏡率蓋過了其它的江南城市。

　　詩人華茲沃斯：「一朵微小的花對於我可以喚起不能用眼淚表達出的那樣深的思想。」具象的物質往往比抽象語言更能喚起人們沉鬱的情緒，蘇杭東南形勝，又可以引發和承載詞人多少幽深繾綣的柔情呢？綜上兩條，正是唐宋詞在幼年時期的被定性以及後天的生長環境決定了她和蘇杭的不解情緣。

〔註3〕宗白華《美學與藝境》，上海人民出版社，1981 年，第 25 頁。

二、宋詞呼應蘇杭爲代表的江南城市精神

「文學形象是主觀的審美意識與客觀的審美對象相互作用而達到統一的產物，就詩詞來講，則大致是由人的感情世界和自然、社會的『物象』共同來組成其『意境』的。」〔註4〕出身於「豔科」的唐宋詞在浸淫了江南柔美山水之後，格調上沾染江南的氣質。古代詞論中有不少關於詞的格調的論述，先拮取一二，看一看詞論家的觀點。

清人先著在《詞潔序》中說：「詩之道廣，而詞之體輕。道廣則窮天際地，體物狀變，歷古今作者而猶未窮；體輕則轉喉應拍，傾耳賞心而足矣。」〔註5〕詞的體質輕靈不沉重，和以絲竹管絃，可以讓人賞心悅耳，得到感覺上的滿足。

王世貞《藝苑巵言》：「詞須婉轉綿麗，淺近環俏，挾春月煙花，於閨幨內奏之。一語之絕，令人魂斷，一字之工，令人色飛，乃爲貴耳。至於慷慨磊落，縱橫豪爽，抑亦其次，不作可耳。作則寧爲大雅罪人，勿儒冠耳胡服也。」〔註6〕這一評論對詞的內容和效果的界定確切，委婉含蓄，俏麗，意象美麗，觸人心靈，語言精緻講究雅致，善於書寫春月煙花等情緒，而不適宜慷慨磊落之感慨，暗合蘇杭城市經濟發達，民風尚豪奢，生活講究精緻的特點。

查禮《銅鼓書堂詞話》：「情猶文不能達、詩不能道者，耳獨於長短句中可以委婉形容之」，類似的還有王拯《懺庵詞序》，評價詞體「窈深幽約，善達賢人君子惻惻怨悱不能自言之情」〔註7〕。這些詞論都點明詞體義深幽，適宜抒發隱晦含蓄的感情，這正如江南的意境，因爲似乎處處彌漫著煙水，永遠都是暈染了水墨的朦朧迷離。

陳廷卓《白雨齋詞話》卷八：「古之爲詞者，自抒其性情，所以悅己也」〔註8〕詞人作詞多我手寫我心，正如李商隱所言「人稟五行

〔註4〕楊海明《唐宋詞論稿》，浙江古籍出版社，1988 年，第 37 頁。
〔註5〕查禮《銅鼓書堂詞話》，《詞話叢編》，中華書局 1986 年，第 1481 頁。
〔註6〕王世貞《藝苑巵言》，《詞話叢編》，中華書局 1986 年，第 385 頁。
〔註7〕王拯《龍壁山房文集 懺庵詞序》，文海出版社，1970 年，第 55 頁。
〔註8〕陳廷卓《白雨齋詞話》，人民文學出版社，1959 年，第 212 頁。

之秀，備七情之動，必有詠歎，以通性靈。」〔註9〕以悅己爲目的寫詞，往往能發乎眞情，至情至性。

　　「詞體之所以能發生，能成立，則因其恰能與自然之一種境界，人心之一種情感相應和而表達之。此種境界，此種情感，永存天壤，則詞即永久有人欣賞，有人試作。以天象論，斜風細雨，淡月疏星，詞境也；以地理論，幽壑清溪，平湖曲岸，詞境也；以人心論，銳感靈思，深懷幽怨，詞境也。」〔註10〕繆鉞《論詞》所提到的能與詞中表達的情感相應和的境界，都是江南所特有或江南所突出的。江南景色山水秀麗淡雅，民風靈氣敏感而關注自我內心世界，正是詞賴以生存的溫床。江南的城市是女性化的，而詞中特有的「男子而作閨音」現象恰恰與之相對應。

　　韓熙載《藝概》中曾評價道：「齊梁小賦，唐末小詩，五代小詞，雖小卻好，雖好卻小，蓋所謂『兒女情多，風雲氣少』也。」〔註11〕其實，不但五代的詞，及至到南宋末期，大部分的詞還是延續了五代格局狹小、體制輕小的傳統，發展最初的「豔科」性質，擅寫心緒，所抒發的感情也多局限於「斜橋紅袖」的愛情和白衣卿相的閒情，然而詞能在幾十字內娓娓生豔，道盡世間最蕩氣迴腸的情思，「雖小卻好」。唐宋詞人大多沒能實踐「鐵肩擔道義，棘手著文章」的傳統大義，除了南宋非常時期的鐵血呼喊，疆土被侵卻無能爲力的憤懣之聲，絕大部分詞都是小格局、小情調、小意趣，然而小自有小的妙處。正是這些小詞觸及了文人內心最柔軟的角落，爲生活在唐宋變革時期的士大夫在迷茫時期得以營造心靈的天堂。正如沈家莊所言：「宋詞的雅與南方文化、文士文化，遣詞造句的文士色彩和表情達意的含蓄內斂，……他們在曲子詞這種新型的文化載體上，寄託面對文化觀念重新選擇時的迷惘與苦悶，是因爲作爲新聲的詞，它能載負起上層士

〔註9〕　【唐】李商隱《樊南文集》卷三，上海古籍出版社，1988年，第194頁。
〔註10〕　繆鉞《詩詞散論》，陝西師大出版社，2008年，第51頁。
〔註11〕　【清】韓熙載《藝概》卷四，上海古籍出版社1978年，第132。

紳精英文化與下層庶民世俗文化交流碰撞時所產生的情緒騷動和精
神彷徨。」〔註12〕這自是唐宋詞的魅力所在。同樣，蘇杭的疆域相比
北方的長安、洛陽都略顯狹小；氣場上更不能和作過古都的都市同日
而語，既沒有王氣，也缺少政治英雄的霸氣。就連咫尺之隔的金陵、
唐代號稱「揚一益二」的江南揚州，也在歷史厚度或者經濟勢頭上高
出一截。然而，蘇杭勝在「小」，格局小，疆域並不開闊，然而境內
景色冠絕神州；氣場小，城市精神不大氣，卻別樣精緻風流。這樣的
「雖小卻好」正是宋代地位空前提高的文人們所需要的。宋代採取「士
大夫治天下」的政治策略，文人自比前面歷代都受重視，生活況境也
大都安適富裕。政治抱負和經濟生活滿足的文人自然比以往更加注重
心靈的愉悅，宋代審美心態「以細膩取代了疏放，尖敏取代了大而化
之，物理世界的觀照功能讓位於心理世界的斂縮性、內在詠歎和發抒」
〔註13〕和平時期，文人們需要美麗自由的蘇杭來承載他們求雅治心。
戰亂時期，無法飛馳沙場保衛疆土的文人也需要蘇杭這一方遠離邊
疆、仍然繁華富饒的地方來暫時安放他們對世道缺乏安全的擔憂和亂
世中對生命和美好的最後掙扎。蘇杭「雖小卻好」，好在正對了時代
的需要。

　　詞論分別從不同方面道出了詞的特點，單從這些詞論中我們就可
以輕鬆找出其中處處隱藏呼應的江南城市精神。唐宋詞和蘇杭一樣景
致秀美、氣質輕靈含蓄、注重內心情感、至情至性而又情思思狹深，
追逐都市繁華景象的同時又追求精緻典雅，從外表層的物質到內裏的
精神，唐宋詞與蘇杭處處相通、脈脈相扣。蘇杭將物質的繁榮和精神
享受完美結合，而詞既有錯彩鏤金的美，也推崇芙蓉出水的美。

　　蘇杭作爲唐宋時期的都會，經濟繁華，人口眾多，尤其是民俗節
日，市民更是狂歡縱樂。民風，一邊是盡情縱樂，一邊是深入到細節
的精緻。正如唐宋詞形式上的狂放往往掩蓋著最熾烈的情感，最真的

〔註12〕沈家莊《宋詞的文化定位》，湖南人民出版社，2005年，第99頁。
〔註13〕吳功正《中國文學美學》，江蘇教育出版社2001年版574。

內心。看透了蘇杭的狂歡和物質，也就能讀懂江南的至情至性！需要說明的是，唐宋詞對蘇杭精神的沾溉，在詞學發生的不同時期以及各詞人作品中表現的重點和程度都是不同的。馬克斯・韋伯在《社會科學和社會政策中的客觀性》一文中指出：「有限的人類理智對於無限的實在所能從事的所有分析，都建立在一種不言自明的假定之上，即構成科學研究對象的只是這種實在的有限的一部分，只有這種有限的部分在「值得認識」的意義上是『重要的』」。〔註14〕莊子所謂「吾生也有涯，而知也無涯」，每個詞人對於同一個城市的經歷是不同的，對一個城市精神的領悟也不同，因此詞人作品中所描寫的蘇杭也自有有其不同。

三、唐宋詞青睞江南朦朧迷離的氛圍

包括蘇杭在內的江南地區，處於亞熱帶向暖溫帶過渡的地區，氣候溫暖濕潤，多雨潮濕。「杏花春雨」的江南，多淫雨，雨絲細密，隨風吹起，如煙似霧。多雨則必多水，且不說臨近海邊的杭州，只是蘇州也是水利重地。以詩詞為證，翁卷《過太湖》道：「水跨三州地，蘇州水最多。」宋代羅處約《題太湖》：「三萬六千頃，湖侵海內田。逢山方得地，見月始知天」。蘇州整個城市河流星羅棋佈，常年水汽上陞，伴著煙雨，自古就有「吳門煙水」之稱；而杭州的西湖、南湖，煙水則更多一份浪漫。煙雨水汽讓蘇杭自有一種煙水迷蒙、隱約幽渺的氛圍，隔了這一層煙水，遠處的景物似露卻掩，似有若無，似近卻遠，「妙在恍惚」，恰是詞境的妙處所在。正是江南的梅雨，細密和綿久，在天地之間懸掛起一幕垂簾，文人墨客借助這一自然造就的朦朧宇宙，會產生一時的錯覺，朦朧天地之間，平日的萬物被罩上一團迷霧或者輕紗，暫時可以忘卻自身的本來狀態，頓生一股惆悵與輕愁，人的精神很容易感傷、懷舊，容易想起被世事掩蓋的夢想，想起心靈深處深埋的記憶。江南的雨天生就是詞的催化劑。很多情況下，很多

〔註14〕馬克斯韋伯《社會科學方法論》，華夏出版社，1999 年，169 頁。

唐宋詞中，「夢」、「醉」和「煙雨」，未必是實有之情境，就像詞人創作時人不在江南，詞中意境卻是江南一樣，只是作爲一種寓示了距離、隱秘、朦朧之美的意象符號出現，是爲了詞的意境創作的需要。

距離產生美，因爲人和景物之隔，平日的景物往往因爲感觸不到而增添更多魅力。在塵世眺望天堂隔著看不清的萬水千山，這一狀態和在雨中的江南，獨自佇立於斜橋水畔，遙望無盡的未來是十分相似的。天堂是朦朧而美好的，正如記憶中的江南，迷蒙中閃耀著藍的江水紅的花，還有青春年少時候的風流佳話。《望江南》，《憶江南》，《夢江南》，就是詞人們試圖到達心中的天堂。天堂本在人心，而且恰如宋詞，充滿了無法到達的憂愁與惆悵，以及世人永不甘心的吟唱與感慨。隔得越遠，對江南的思念就越深，而江南亦就愈加美好。

綜上，宋詞和蘇杭都代表著同樣的一種人生態度，一種對生存狀態和生活方式的想像和創造，一種對生命的詩意描述。她們異曲同工，閒雅卻又充滿世俗氣，形而上的文化和感受可以輕鬆化入形而下的日常生活中。眞正領悟唐宋詞的神韻是要「靜心而觀」，走入詞人的「詞心」。而蘇杭不僅僅是走馬觀花看風景的城市，更是一個安放心靈的所在。蘇杭市街空曠，節奏舒緩，時光悠長，撲面而來的風裏含有唐宋詞的典雅神韻，而唐宋詞裏也處處可以尋見彼時蘇杭的婉約秀美，深情款款。

「江南名郡數蘇杭」，蘇杭本是江南的縮影，宋詞與蘇杭之關係即代表了宋詞與江南之關係。詞人在蘇杭的行走履跡展示了有宋一代詞學與江南的千年之緣。《中國藝術境界之誕生》談到李杜詩歌時說道：「李、杜境界的高、深、大，王維的靜遠空靈，都植根於一個活躍的、至動而有韻律的心靈。」〔註15〕我們是否也可以說宋詞的富貴錯彩、婉約精妙、纏綿傷感都植根於一個繁華、至情至性而又風景如畫的江南？承繼詩人的心靈，是我們深衷的喜悅，而承繼這片詩情畫意的土地，則是後輩人千秋的福分！

〔註15〕宗白華《美學散步》，上海人民出版社，1981年，第88頁。

附　錄

「上有天堂，下有蘇杭」之起源考釋

　　提到蘇州、杭州兩城市，世人總是會充滿嚮往或懷念地感歎「上有天堂，下有蘇杭」。正是這句簡單的諺語爲蘇杭增添了無窮的神秘色彩和誘惑力，吸引無數的朝拜者來到這江南雙壁一享世間天堂的風光。那麼這一諺語到底最早出現於什麼時間，這句諺語背後又包含了蘇杭兩市怎樣的發展歷程和時代狀況？

　　在有關蘇杭的評論中，「上有天堂，下有蘇杭」無疑是人們最爲耳熟能詳的諺語之一。對於這一諺語的形成年代，學界前輩也做過不同程度的考證，相關的論文有柴德賡先生的《天堂蘇杭說的由來》〔註 1〕、陳清碩《上有天堂，下有蘇杭民諺源流》〔註 2〕，陶彙章《「上有天堂，下有蘇杭」諺語的來龍去脈》〔註 3〕，陶福賢《「上有天堂，下有蘇杭」的奠基人》〔註 4〕，或或《上有天堂 下有蘇杭》〔註 5〕徐

〔註 1〕 何榮昌、張承宗等編《百年青峰》，蘇州大學出版社，2007 年，第 54 頁。
〔註 2〕 陳清碩《上有天堂，下有蘇杭民諺源流》，《尋根》2004 年第 6 期。
〔註 3〕 陶彙章《「上有天堂，下有蘇杭」諺語的來龍去脈》，《民間文化》，1998 年第 4 期。
〔註 4〕 陶福賢《「上有天堂 下有蘇杭」的奠基人》，《百姓》2003 年第 12 期。
〔註 5〕 或或《上有天堂 下有蘇杭》，《作文教學研究》2007 年 4 第 1 期。

沖《「上有天堂，下有蘇杭」──略述諺語「天堂」的形成》〔註6〕，
其中以柴德賡先生《天堂蘇杭說的由來》和陶彙章《「上有天堂，下
有蘇杭」諺語的來龍去脈》研究最爲嚴謹，考證最爲徹底。柴先生秉
承「以詩證史」的方法，通過對白居易詩歌的分析，認爲諺語最早出
於北宋劉斅《樹萱錄》，在諺語從「天堂──員莊到天堂──蘇杭」，
有個發展過程，最早當在唐中葉，和白居易有關聯。陶文在柴先生論
證基礎上有所加深。陶文對「上有天堂，下有蘇杭」這一諺語的形成
原因、形成年代、中外國比較及由這一諺語延伸出的其它諺語等做了
詳細的分析和論述，材料也很詳實可靠。首先文章指出北宋劉斅《樹
萱錄》中的「上有天堂，下有員莊」是諺語的形式淵源，並引用清代
翟顥的《通俗編》「蘇杭之諺，乃仿於此」加以佐證。接下來，文章
提出了對於諺語形成歷來所形成的三種說法，一是唐代，二是南宋，
三是唐宋以來逐步發展形成的。關於產生於唐代的證據主要有二，一
是白居易的詩《初到郡齋寄錢湖州、李蘇州》，二是清代翟顥關於此
諺仿生於唐初員莊這一說法。第二種說法，認爲諺語形成於南宋的主
要根據則是范成大《吳郡志》中引用的「天上天堂，底下蘇杭」。文
章在對前兩種進行辯駁之後得出結論即諺語形成於「吳越建國後的五
代或北宋時期」，並以陶穀《清異錄》中的「地上天宮」條加以佐證。
對於歷來被廣爲爭論的蘇杭排序問題，文章贊同清代杜文瀾《古謠諺》
中提出的「押韻說」。

　　陶先生的考證從諺語本身出發，重視文獻資料的論證推理，論述
清晰，用發展的眼光對諺語的來龍去脈從形式和內容上進行了考證，
但仍然有三點值得商榷：一，對於諺語中蘇州、杭州在五代前期的客
觀發展缺少考慮，這一點對諺語中蘇杭的排序問題是很關鍵的；二，
把幾個內容不同的說法如范成大的「天上天堂，地下蘇杭」、郎瑛《七
修類稿》中的「上說天堂，下說蘇杭」完全等同起來，沒有說清楚彼
此的前後關係；三對諺語內容解釋不夠，過分強調了諺語中對蘇杭的

〔註6〕倪士毅《隋唐名郡杭州》，浙江人民出版社，1997年，第40頁。

區分，而沒有兼顧到其中暗含的共同性。本文在吸收前人成果的同時，儘量用現存的文獻資料來對「上有天堂，下有蘇杭」這一諺語的形成歷程和內涵作一些補充。

在考證此諺語的源頭和產生年代之前，必須要注意到「上有天堂，下有蘇杭」是民間諺語，這一點自范成大首次在《吳郡志》中引用即已點明，後世也一致贊同。諺語作為熟語的一種，形成於民間，並流傳於民間，一般是形式比較簡練而且言簡意賅的話語，反映了勞動人民的生活實踐經驗和大多數人的共同意見。諺語是一種特殊的民間文學體裁，常常以一種結論的形式出現，語句短小，結構緊湊，語言簡練而富於韻律感、節奏感。但是，在它短小的篇章中，往往蘊含著民眾所總結的深刻哲理或科學知識，或者凝縮著豐富的歷史文化背景，而其短小明快的形式及多種藝術手法，則使它能夠在人們中不斷得到大量創作和普遍流傳。諺語，不同於文人創作，後者多有一個穩定的形式，創作出來後幾乎會保持不變，而諺語的創作主體是大眾，因此它的形成過程肯定是綜合百姓的智慧，隨著時間發展會有一個選擇變化的過程，最終以一種大眾最接受、群眾基礎最強大的形式固定下來。

通過收集分析和「上有天堂，下有蘇杭」密切相關的各種文獻資料，大致可以認定諺語「上有天堂，下有蘇杭」的形成演變大致經歷了三個階段，即「萌芽期」、「深化期」、「確定期」。

第一，萌芽期，晚唐至北宋末期，以五代和北宋時期為主，形式主要為「餘杭百事繁庶，地上天宮」、「上界有天堂，下界有蘇杭」

除卻諺語的形式，文人的詩詞中就多次將杭州比作天堂、蓬萊等仙境，如白居易《答微之誇越州州宅》：「賀上人回得報書，大誇州宅似仙居。厭看馮翊風沙久，喜見蘭亭煙景初。日出旌旗生氣色，月明樓閣在空虛。知君暗數江南郡，除卻餘杭盡不如。」元稹認為越州的

州宅類似「仙居」，而白居易則認為杭州比越州更加出色。宋代趙汝愚《柳梢青》水月光中，煙霞影裏，湧出樓臺。空外笙簫，雲間笑語，人在蓬萊」；潘閬《酒泉子長憶錢塘》「長憶錢塘，不是人寰是天上。萬家掩映翠微間，處處水潺潺」。但是，第一個類似於諺語形式的記載最早出現於《樹萱錄》記載：「員半千有莊在焦戴川北，枕白鹿原。蓮塘、竹徑、酥酸架、海棠洞、會景堂、花塢、藥欄、碾磨、麻、稻壟塍鱗次。里諺曰上有天堂，下有員莊」〔註7〕，這是目前能夠找到的最早的類似諺語。關於員半千，新、舊《唐書》均有傳。《舊唐書·文苑中·員半千傳》云「員半千，本名餘慶，晉州臨汾人」〔註8〕，《新唐書》員半千本傳記載「半千事五君，有清白節，年老不衰，樂山水自放。」〔註9〕，據史書可知員半千是唐前期人，大約生活在唐太宗至唐中宗五朝時期。那麼他的員莊具體位置在何處？「在焦岱川北，枕白鹿原」，所謂「焦岱川」是「八水繞長安」之一的滻水的支流焦岱河所流經的地區。滻水源出藍田縣西南秦嶺，北流彙諸水，又東流入灞水，滻灞合流繞大明宮而過，再入渭水東去，因此焦岱川當在藍田峪和灞上之間，大約都在長安東南面，距離京師較近。唐代詩人薛能其詩《題鹽鐵李尙書滻州別業》曾描述了此地的美麗風景「鹿原陰面滻水媚，坐覺林泉逼夢思，閒景院開花落後，濕香風好雨來時」。唐代的滻河沿途自然景色優美，又臨近京師，是長安百姓郊遊的好去處，尤其是被滻河切割的白鹿原與少陵原之間的河川，平疇沃野、氣脈瑞和，向來是京城文人尋幽會聚之地，與樊川、御宿川並稱古長安三大川，都是京郊外負有盛名的地方，員半千的員莊無疑就屬於這美麗的滻河河川的一部分。從以上資料可知唐代被傳為「上有天堂，下

〔註7〕 轉引自【清】翟顥《通俗編》，中華文局，1985年，叢書集成初編本 關於《樹萱錄》此書的情況至今尙無定論，程毅中《文史》第二十六輯所載文《樹萱錄》有詳細考釋。姑且引用《通俗編》之說。

〔註8〕 （五代）劉昫《舊唐書·文苑中·員半千傳》中華書局，1975年，第5014頁。

〔註9〕 【宋】歐陽修、宋祁等修 《新唐書》卷一百三，中華書局，1975年，第1602頁。

有員莊」的「員莊」在長安附近，風景秀麗，是京城文人聚會閒玩之所。誠如陶先生所言，類似的言語形式出現並不能表示此諺語就出現於唐代，相距世人把蘇杭作爲「地上天堂」來描述，中間所隔的不僅僅是唐代關內道到江南道的距離，還有諺語主角的變化。在唐代屬於關內道的「員莊」和隸屬於江南道的蘇杭，一個北中國，一個南中國，此句諺語的出現儘管並不能證明「上有天堂，下有蘇杭」已經出現，但是無論從員莊所處的大環境、莊內的小天地，還是莊主員半千「樂山水自放」的閒雅飄逸都讓我們看到了一個微型的「蘇杭」。自然山水和人文積澱都比「員莊」更優越的蘇杭，作爲「地上天堂」而被廣爲傳揚已經具有了內容意義上的可能性。因此，「上有天堂，下有員莊」不僅僅是「上有天堂，下有蘇杭」的形式淵源，而更多的是在內容上的類似性。

　　五代至北宋人陶穀在其作《清異錄·地理》中論杭州「輕清華麗，東南爲甲。富兼華夷，餘杭又爲甲。百事繁庶，地上天宮」〔註10〕；靖康之難中跟隨兩帝北狩到金的宋臣曹勳在他的《進前十事箚子》中明確提到金人中對蘇杭的評價：「臣在虜寨時，具聞虜人言金國擇利便謀江南，又曰：『上界有天堂，下界有蘇杭』，其勢欲往浙江。」〔註11〕，而和曹勳生活在一個時代的袁褧在其《楓窗小牘》中也有類似說法「汴中呼餘杭百事繁庶，地上天宮」〔註12〕。「天宮」、「仙居」和「天堂」儘管各自源於不同的宗教，但大致意義是類似的，在老百姓言語習慣中都是指美好富庶的境地。此兩條文獻可以看出，不論是北方的金國，還是在中原的京師汴州都廣爲盛讚蘇杭的繁庶，其中尤以杭州爲重，可見杭州在北宋時期已經憑藉其經濟的繁榮，而享有「地上天宮」之譽，「地上天堂」的主角也隨著朝代的更替由北國小小的

〔註10〕　【宋】陶穀《清異錄·地理》，《宋元筆記小說大觀》，上海古籍出版社，1986年，第11頁。
〔註11〕　【宋】曹勳《松隱文集》卷二六，嘉業堂叢書刊本，1918年。
〔註12〕　【宋】袁褧《楓窗小牘》卷上，筆記小說大觀本，新興書局，1986年，第1676頁。

「員莊」而逐漸變爲南國「東南第一州」的杭州。杭州乃至整個餘杭地區的迅速發展爲「上有天堂，下有蘇杭」這一諺語的產生奠定了實質基礎，「餘杭地上天宮」可以作爲「上有天堂，下有蘇杭」的前期萌芽狀態。這一時期大約持續在唐代初期至南宋初期，恰恰是蘇杭飛速發展的階段，據此也可以看出諺語的形成是隨著蘇杭的經濟飛躍和地位的突起而慢慢進入人心。

必須注意到一個現象，所收集的文獻資料中，除了曹勳的「上界有天堂，下界有蘇杭」，對於「地上天宮」，似乎都偏重於對餘杭的評論，那麼何以到了後面，蘇州和杭州並立而成爲「地上天堂」？在可以查到的文獻中，自唐初到南宋《吳郡志》，尚未發現單指蘇州爲「天堂」和「天宮」的明確資料，但是自白居易起，蘇州和杭州開始作爲「蘇杭」結合體而頻頻出現於文學作品中。因此，白居易的品題是諺語萌芽期的關鍵環節之一。白居易曾在《吳郡詩石記》寫道自己對蘇杭兩郡的嚮往：「貞元初，韋應物爲蘇州牧，房孺復爲杭州牧，皆豪人也。韋嗜詩，房嗜酒，每與賓客一醉一詠，其風流雅韻，多播於吳中。或目韋、房爲詩酒仙。時予始年十四五，旅二郡，以幼賤不得與遊宴，尤覺其才調高而郡守尊。……翌日蘇、杭苟獲一郡足矣！」〔註 13〕夢想成眞，並有幸先後在兩處名郡任職的白居易在蘇杭五年間，「兩地江山遊得遍，五年風月詠將殘」，在遊賞蘇杭山水的同時，出於詩人的閒雅情趣，白居易經常將蘇杭進行比較吟詠。在《初到郡齋寄錢湖州、李蘇州》中評價蘇州比杭州繁盛，但不如杭州休閒舒適：「雪溪殊冷僻，茂苑太繁雄。唯此錢唐郡，閒忙恰得中」，「知君暗數江南郡，除卻餘杭盡不如」《答微之誇越州州宅》，在《登閶門閒望》詩中，生動地描繪了蘇州水城的繁華閒雅，認爲蘇州不僅經濟富庶而且有絲竹管絃、良辰美景，完全可以和杭州媲美：「閶門四望鬱蒼蒼，始覺州雄土俗強。十萬夫家供課稅，五

〔註13〕【唐】白居易著，顧頡剛點校《白居易集》，中華書局 1979 年版，第 1430 頁。

千子弟守封疆。闉闍城碧鋪秋草，烏雀橋紅帶夕陽。處處樓前飄管吹，家家門外泊舟航。雲埋虎寺山藏色，月耀娃宮水放光。曾賞錢塘嫌茂苑，今來未敢苦誇張。」同屬江南道，不論是經濟繁榮還是山水秀麗，蘇杭兩郡的共同性如此之多，白居易也不得不經常否定自己前一時間的評賞。除了將蘇杭進行對比，白居易更樂於將兩郡合二爲一進行稱頌，如《詠懷》：「蘇杭自昔稱名郡，牧守當今當好官」，《見殷堯藩侍御憶江南詩三十首詩》其一：「江南名郡數蘇杭，寫在殷家三十章」，都是將蘇杭作爲江南名郡相提並論。除此之外，白居易還分別創作了大量描寫讚美蘇杭的詩文，如《送劉郎中赴任蘇州》、《馬上作》、《和夢得夏至憶蘇州呈盧賓客》、《憶舊遊》、《臘後歲前遇景詠意》、《餘杭形勝》、《杭州春望》、《答客問杭州》、《正月十五夜月》和《憶江南》等四十餘首詩作和詞作。范成大在《吳郡志》中曾評價白居易對蘇州的眷戀「（白公）眷眷此邦甚厚，則知吳在當時爲名邦樂國，能使得賢者思之而不忘」〔註14〕。鑒於白居易在杭州和蘇州深受爲百姓愛戴，以至於出現離任時「耆老遮歸路，壺漿滿別筵」（白居易《別州民》），「聞有白太守，拋官歸舊溪。蘇州十萬戶，盡作嬰兒啼。太守駐行州，闔門草萋萋。揮袂謝啼者，依然兩眉低……」（劉禹錫《白太守行》）官民依依不捨的場面，可以想見白居易在蘇杭期間所作的這些讚美蘇杭的詩詞也定爲百姓所喜愛和傳送。「大凡一地風物山水之美，往往總要經一些大詩人大畫家的慧心獨具的品評，方得以『定格』下來，而後廣爲傳播。」〔註15〕正是白居易的首開蘇杭並提之源頭，而開闢了蘇杭作爲江南雙璧的一段美好淵源。

　　第二，深化期，大約在南宋至元朝初期，形式變為「天上天堂，底下蘇杭」

　　這一時期最具代表性的文獻便是范成大在《吳郡志》中明確寫道

〔註14〕【宋】范成大《吳郡志》，浙江古籍出版社，1999年，第668頁。
〔註15〕周維強《文化名人與杭州·白居易在杭州》，浙江教育出版社，2007年，第159頁。

「諺曰:『天上天堂,地下蘇杭』」〔註16〕。儘管在形式上和最終的「上有天堂,下有蘇杭」還有一些細微的差別,但是諺語已經格局初成。《四朝聞見錄》「高宗駐蹕」條記載:「高宗六飛未知所駐,嘗幸楚,幸吳,幸越,俱不契聖慮。暨觀錢塘表裏江湖之勝,則歎曰:「吾捨此何適!」〔註17〕可見,久在汴京被盛讚的餘杭不僅「百事繁庶」,而且山水形勝,在江南諸郡中卓然而出,得到宋高宗的青睞,成為南宋「行在」,實為京師。也正是在南宋,杭州實現了其在宋代城市地位上的飛躍。南宋王朝政治中心的南遷,作為京師臨安附近人文積澱深厚、經濟富庶,同樣位於京杭大運河沿岸的江南佳麗地平江府蘇州自然也借勢而上,經濟發展和城市知名度都得到前所謂的提高,為正式成為百姓口耳傳誦的「地上天堂」完成了最重要的一環節。

深化期,不僅是蘇杭經濟實力的深化、城市地位的上陞,同樣是是諺語在民間深入人心的時期。儘管還沒有演化為「上有天堂,下有蘇杭」的最終形式,但諺語不管從內容還是形式均已基本定型。在這一階段,最值得重視的是關於蘇杭的排序問題,這也是自《吳郡志》首次提出並在以後歷代為世人不斷評價猜測的不解之題。此類諺語在產生之初,除卻對蘇杭的嚮往,歷來對諺語中蘇杭兩地的排序就頗有爭辯。蘇杭排序本無可厚非,卻有助於我們考釋這一典故產生的時代。尤其是南宋,杭州作為一國都城,發展後起而雄,經濟政治都不是毗鄰而居的蘇州所能望其項背,杭人對「下有蘇杭」之置杭州於蘇州之後頗有微詞。范成大在《吳郡志》中寫到「諺曰:「天上天堂,地下蘇杭」。又曰:「蘇湖熟,天下足」。湖固不逮蘇,杭為會府,諺猶先蘇後杭,說者疑之。白居易詩曰:『霅溪殊冷僻,茂苑太繁雄。唯此錢唐郡,閒忙恰得中』。則在唐時,蘇之繁雄,固為浙右第一矣。」〔註18〕從語句中我們大致可以得到兩個信息:第一,范成大編寫《吳

〔註16〕 【宋】范成大《吳郡志》,江蘇古籍出版社,1999年,第669頁。

〔註17〕 【宋】葉紹翁《四朝聞見錄》卷二,《宋元筆記小說大觀》,上海古籍出版社,1986年,第4894頁。

〔註18〕 【宋】范成大在《吳郡志》,江蘇古籍出版社,1999年,第669頁。

郡志》時期，也就是南宋時期，杭州作爲宋代行都，地位和實力已經居於蘇州之上，所以人們才會對諺語中蘇杭的排序頗有微詞；第二，諺語「天上天堂，地下蘇杭」唐代時期就已經流傳，所以范成大在寫到南宋時人對於諺語中蘇杭排序的懷疑時，要引用白居易的詩句加以解釋。明代郎瑛在他的《七修類稿》中，對於蘇杭的排序曾提出過不同於范成大的意見，他對此有獨特見解：「諺曰：『上說天堂，下說蘇杭。』又曰：『蘇湖熟，天下足』。解者以湖州不速於杭州，是矣。又蘇在杭前，乃白樂天之詩曰『雲川（湖州）殊冷僻，茂苑（蘇州）大繁雄；惟有錢塘郡，閒忙正適中』之故。又以諺語因欲押韻，故先蘇而後杭。解者以白樂天詩徵之，錯矣。殊不思諺非唐時語也，杭在唐，尚僻在一隅未顯，何可相併。蘇自春秋以來，顯於吳越；杭唯入宋以後，繁華最盛，則蘇又不及也。……若以錢糧論之，則蘇十倍於杭。此又當知之。」〔註19〕通過第一節對於唐代蘇杭經濟狀況的分析，我們已經得到結論即唐末五代時期杭州無論是經濟基礎和城市實力都已經可以和蘇州相提並論，因此以上兩種觀點都忽略了諺語形成的動態過程，對城市的評價上有失偏頗。既然范成大在《吳郡志》中專門談到諺語中蘇杭的排序問題，可以看出南宋時期人們對這個諺語就相當關注，對蘇杭的排序問題已經開始出現不同意見，這其中可以看出南宋杭州超越蘇州後，世人認爲已經流行的諺語不符合南宋的現狀。蘇杭的前後順序也絕不可能僅僅單純因爲音韻而定，而應該有更豐富的內容，因而范成大以白居易詩句爲解是可以信任的。因此，我們聯繫蘇杭在唐代至於南宋時期的實力更替，以及南宋時期對蘇杭排序的異議，基本可以證實諺語萌芽於五代末至北宋時期是可信的。

第三，確定期，南宋至後代，形式逐步確定爲「上有天堂，下有蘇杭」

諺語產生於日常生活，又在日常生活中具有很強的「適應性」，可以因人的現實需要而產生，並在實際生活中發揮重要作用。當社會

〔註19〕【明】郎瑛《七修類稿》中華書局，1959年，第331頁。

現實及時代思潮發生較大變化時，它必然要適應新的形勢而在內容、形式上不斷調適和變化。南宋時的諺語「天上天堂，地下蘇杭」自范成大在《吳郡志》中首次以文字形式著錄以後，在老百姓口耳相傳時，很有可能在語詞上有一些細微的變化，如「上說天堂，下說蘇杭」以及後來的形式「上有天堂，下有蘇杭」。後者第一次在文獻中出現是元代奧敦周卿的《雙調蟾宮曲·詠西湖》：「西湖煙水茫茫，百頃風潭，十里荷香。宜雨宜晴，宜西施淡抹濃妝。尾尾相銜畫舫，盡歡聲無日不笙簧。春暖花香，歲稔時康。眞乃上有天堂，下有蘇杭。」〔註20〕這是該諺語在文獻資料中可以精確查考的最早記載。從諺語的流變可以推出自唐代白居易吟詠蘇杭開始，一直到元代，此類諺語都在民間廣泛流傳。自此以後，這一諺語的形式基本定型，尤其是清代蘇州的經濟實力和城市地位達到歷史頂峰，蘇杭作爲「地上天堂」在經歷了南宋時期的杭州高峰後，蘇州被推上歷史的浪尖，蘇杭的天堂地位經歷了這兩次巔峰，由此更加牢固，更加廣爲人知。後來的文學作品中在談到該諺語時候，儘管個別作品會有一些細微的變化如明代馮夢龍《古今小說》第一卷：「興哥久聞得「上說天堂，下說蘇杭」好個大馬頭所在，有心要去走一遍」〔註21〕，元代來中國的傳教士馬可波羅在其《馬可波羅行紀》中把杭州稱爲「天城」。〔註22〕清末蓬園《負曝閒談》第一回，則對蘇、杭的歷史文化面貌，倍加讚賞「俗語說的好上有天堂，下有蘇杭。」〔註23〕劉鶚《老殘遊記》第五回：「江南眞是好地方！『上有天堂，下有蘇杭』」〔註24〕諺語形式完全確定爲「上有天堂，下有蘇杭」。

〔註20〕隋樹森編《全元散曲簡編》，上海古籍出版社，1984年，第66頁。
〔註21〕【明】馮夢龍《喻世明言》，人民文學出版社，1958年，第26頁。
〔註22〕馮承鈞譯，馬可·波羅著《馬可波羅行紀》，中華書局，1954年，第568頁。
〔註23〕【清】蓬園《負曝閒談》，上海古籍出版社，1985年，第1頁。
〔註24〕【清】劉鶚《老殘遊記》，人民文學出版社，1957年，第44頁。

綜合各種相關資料，結合蘇杭兩郡在唐宋時期的實力變化，對諺語的形成過程可以大致得出結論：諺語「上有天堂，下有蘇杭」萌芽於晚唐至北宋期，此時蘇杭兩郡作爲江南諸郡中共同性突出的姐妹城市深入人心，經常被相提並論或作爲競爭者廣被評比，其中白居易的品題是蘇杭被譽爲「地上天堂」的關鍵環節。南宋初期至元代，隨著杭州作爲南宋行都，整個南宋的政治中心南遷，蘇杭尤其是杭州城市地位上陞，諺語也因此更加廣爲傳頌，形式趨於固定。元代奧敦周卿的《雙調蟾宮曲‧詠西湖》諺語「上有天堂，下有蘇杭」最終形式的首次出現於文獻清代，隨著蘇州的歷史鼎盛，諺語完全定型爲「上有天堂，下有蘇杭」。這是諺語起源和發展的三個時期，也是蘇杭兩郡在中國城市史上的更迭發展歷程的映像。

在翻檢耙梳唐五代時期的文獻資料時，有一個現象也值得引起重視，這就是最初作爲天堂象徵，進入人們視野的是整個江南地區，還沒有特別突出哪個城市，任華曾在《懷素上人草書歌》吟詠：「人謂爾從江南來，我謂爾從天上來！」這應該便是將江南比作天堂的濫觴。韋莊《菩薩蠻》也是歌詠江南：「人人盡說江南好，遊人只合江南老。」那麼何以蘇杭突出而成爲江南的代表，讓無數「江南」的粉絲由傾慕整個「江南」，而轉爲獨獨青睞蘇杭，發出「江南憶，最憶是杭州」和「江南憶，其次憶吳宮」的深情感慨？甚至並進而取代江南成爲「地上天堂」？這一微妙的變化暗含了深厚的文化意蘊，反映了江南城市進化狀況，更凸顯了蘇杭在江南諸郡中的獨特優勢和面貌。

主要參考文獻

古籍、論著部分

B

1. 《白居易集箋注》，【唐】白居易撰，朱金城箋注，上海古籍出版社 1988 年版。
2. 《白居易全集》，【唐】白居易撰，顧學頡校點，中華書局 1999 年版。
3. 《避暑錄話》，【宋】葉夢得撰，《宋元筆記小說大觀》本。
4. 《碧雞漫志》，【宋】王灼撰，《詞話叢編》本。
5. 《白雨齋詞話》【清】陳廷焯撰，人民文學出版社 1959 年版。
6. 《北宋文人與黨爭》，沈松勤著，人民文學出版社 2004 年版。
7. 《北宋新舊黨爭與文學》，蕭慶偉著，人民文學出版社 2001 年 6 月版。
8. 《本事詩》，【唐】孟棨撰，上海古籍出版社 1991 年 4 月版。

C

1. 《詞源注》，張炎著，夏承燾校注，人民文學出版社 1963 年版。
2. 《詞源疏證》，蔡楨疏證，中國書店 1985 年版。
3. 《詞旨》，【元】陸輔之撰，《詞話叢編》本。
4. 《誠齋集》，【宋】楊萬里撰，《文淵閣四庫全書》本。
5. 《蔡忠惠公文集》，【宋】蔡襄撰，宋集珍本叢刊第 7 冊，北京線裝書局 2004 年版。

6. 《晁補之詞編年箋注》，【宋】晁補之撰，喬力箋注，齊魯書社 1993年版。

7. 《晁氏琴趣外篇》，【宋】晁補之撰，上海古籍出版社 1991 年 2 月版。

8. 《吹劍錄全編》，【宋】俞文豹撰，張宗祥校訂，上海古典文學出版社 1958 年版。

9. 《詞話叢編》，唐圭璋編，中華書局 1986 年 11 月版。

10. 《詞林紀事》，【清】張宗橚撰，成都古籍出版社 1982 年 3 月版。

11. 《詞林新話》，吳世昌著，吳令華輯注，施議對校，北京出版社 2000年版。

12. 《詞選》，胡適選著，河北人民出版社 1999 年 1 月版。

13. 《詞學通論》，吳梅著，復旦大學出版社 2005 年 5 月版。

14. 《詞則》，【清】陳廷焯撰，上海古籍出版社 1984 年 5 月版。

15. 《詞學》（第二輯），華東師範大學出版社 1983 年版。

16. 《詞學》（第十輯），華東師範大學出版社 1992 年版。

17. 《詞學》（第十四輯），華東師範大學出版社 2003 年版。

18. 《詞學廿論》，鄧喬彬著，上海古籍出版社 2005 年版。

D

1. 《澹庵文集》，【宋】胡銓撰，臺北商務印書館 1986 年影印文淵閣四庫全書本。

2. 《定齋集》，【宋】蔡戡撰，上海古籍出版社 1987 年影印四庫全書本。

3. 《東都事略》，【宋】王偁撰，上海古籍出版社 1987 年影印四庫全書本。

4. 《東皋子集》，【唐】王績撰，上海古籍出版社 1992 年 11 月版。

5. 《東坡詞編年箋證》，【宋】蘇軾撰，薛瑞生箋證，三秦出版社 1998年 9 月版。

6. 《東坡志林》，【宋】蘇軾撰，三秦出版社 2003 年版。

7. 《東溪集》，【宋】高登撰，上海古籍出版社 1987 年影印四庫全書本。

8. 《東軒筆錄》，【宋】魏泰撰，中華書局 1983 年版。

9. 《都城紀勝》，【宋】耐得翁撰，中國商業出版社 1982 年版。

E

1. 《二十四詩品譯注評析》，【唐】司空圖撰，杜黎均譯評，北京出版社 1988 年版。

F

1. 《范成大詩選注》，高海夫選注，上海古籍出版社 1989 年 12 月版。
2. (《樊川文集》，【唐】杜牧撰，上海古籍出版社 1978 年版。
3. 《范仲淹全集》，【宋】范仲淹撰，李勇先、王蓉貴校點，四川大學出版社 2002 年 9 月版。
4. 《范文正公年譜》，【宋】樓鑰撰，北京圖書館年譜叢刊。

G

1. 《古今事文類聚新集》，【元】富大用編，臺灣商務印書館 1986 年影印文淵閣四庫全書本。
2. 《古今圖書集成‧藝術典》，中華書局 1986 年影印本。
3. 《姑溪居士集》，【宋】李之儀撰，上海古籍出版社 1987 年影印四庫全書本。
4. 《古今詞話》，【宋】楊湜撰，《詞話叢編》本。
5. 《古今事文類聚》，【宋】祝穆撰，文淵閣四庫全書本。
6. 《癸辛雜識》，【宋】周密撰，《宋元筆記小說大觀》本。
7. 《古今詞話》，【清】沈雄撰，《詞話叢編》本。
8. 《古今詞統》，【明】卓人月【明】徐士俊輯，影印明崇禎刻本。

H

1. 《畫墁錄》，【宋】張舜民撰，《宋元筆記小說大觀》本。
2. 《侯鯖錄》，【宋】趙德鄰撰，《宋元筆記小說大觀》本。
3. 《皇宋通鑒長編紀事本末》，【宋】楊仲良撰，江蘇古籍出版社 1988 年影印宛委別藏本。
4. 《黃庭堅年譜新編》，鄭永曉著，社科文獻出版社 1997 年 12 月版。
5. 《黃庭堅全集》，【宋】黃庭堅撰，四川大學出版社 2001 年 5 月版。
6. 《晦庵題跋》，【宋】朱熹撰，商務印書館 1936 年影印叢書集成初編本。
7. 《後山詩話》，【宋】陳師道撰，何文煥輯《歷代詩話》本。
8. 《後村先生大全集》，【宋】劉克莊著，四部叢刊本。

9. 《後村詞箋注》，【宋】劉克莊著、錢仲聯箋注，上海古籍出版社 1980年版。

10. 《鶴林玉露》，【宋】羅大經撰、王瑞來點校，中華書局 1983 年版。

11. 《浩然齋雅談》，【宋】周密撰，文淵閣四庫全書本。

12. 《蕙風詞話》，【清】況周頤撰，詞話叢編本。

13. 《蒿庵論詞》，【清】馮煦著，詞話叢編本。

14. 《樊榭山房全集》，近代中國史料叢刊，臺灣文海出版社，1977 年版。

J

1. 《雞肋集》，【宋】晁補之撰，上海古籍出版社 1987 年影印四庫全書本。

2. 《劍南詩稿校注》，【宋】陸游撰，錢仲聯校注，，上海古籍出版社 1985 年版。

3. 《建炎以來繫年要錄》，【宋】李心傳撰，中華書局 1956 年版。

4. 《建炎以來朝野雜記》，【宋】李心傳撰，上海古籍出版社 1987 年影印四庫全書版。

5. 《金石萃編》，【清】王昶撰，中國書店 1985 年版。

6. 《舊唐書》，（後晉）劉昫撰，北京中華書局 1975 年版。

7. 《澗泉日記、西塘耆舊續聞》，【宋】韓淲【宋】陳鵠撰，上海古籍出版社 1993 年版。

8. 《姜白石詞編年箋校》，【宋】姜夔著、夏承燾箋校，1981 年新 1 版。

9. 《江湖長翁集》，【宋】陳造撰，文淵閣四庫全書本。

10. 《稼軒詞編年箋注》，【宋】辛棄疾著、鄧廣銘箋注，上海古籍出版社 1993 年版。

11. 《江南通志》，文淵閣四庫全書本。

L

1. 《兩宋臨安兩志》，【宋】周淙、施諤，浙江人民出版社 1983 年版。

2. 《歷代詞話》，張璋編，大象出版社 2002 年 3 月版。

3. 《歷代詞話續編》，張璋編，大象出版社 2005 年 11 月版。

4. 《歷代名臣奏議》，【明】楊士奇等輯，上海古籍出版社 1987 年影印四庫全書版。

5. 《歷代詩話》，【清】何文煥編，中華書局 2004 年 9 月版。

6. 《歷代詩話續編》，丁福保編，中華書局 1983 年 8 月版。

7. 《梁溪集》，【宋】李綱撰，上海古籍出版社 1987 年影印四庫全書本。

8. 《兩宋詞人年譜》，王兆鵬著，臺北文津出版社 1994 年版。

9. 《臨川文集》，【宋】王安石撰，上海古籍出版社 1987 年影印四庫全書本。

10. 《龍榆生詞學論文集》，龍榆生著，上海古籍出版社 1997 年版。

11. 《蘆川詞》，【宋】張元幹撰，曹濟平校注，上海古籍出版社 1991 年 11 月版。

12. 《陸放翁全集》，【宋】陸游撰，中國書店 1986 年 6 月版。

13. 《陸游詞編年箋注》，夏承燾撰，上海古籍出版社 1981 年版。

14. 《陸游年譜》，歐小牧著，人民文學出版社 1987 年版。

15. 《劉辰翁集》，【宋】劉辰翁撰，段大林校點，江西人民出版社 1987 年版。

16. 《六研齋筆記》，【明】李日華編撰，文淵閣四庫全書本。

17. 《蓼園詞評》【清】黃蓼園撰，《詞話叢編》本。

18. 《靈芬館詞話》，【清】郭麐，《詞話叢編》本。

19. 《冷齋夜話》【宋】釋惠洪撰，宋元筆記小說大觀本。

M

1. 《馬可波羅行紀》，（意大利）馬可波羅撰、馮承鈞，譯中華書局 1954 年版。

2. 《漫塘文集》，【宋】劉宰撰，吳興劉氏嘉業堂 1926 年刻本，蘇州大學圖書館藏。

3. 《夢梁錄》，【宋】吳自牧撰，古典文學出版社，1957 年版。

4. 《蒙齋筆談》，【宋】鄭景望撰，見《筆記小說大觀》二十二編，臺北新興書局 1978 年版。

5. 《墨客揮犀》，【宋】彭乘撰，上海古籍出版社 1987 年影印四庫全書本。

6. 《茅亭客話》，【宋】黃休復撰，《宋元筆記小說大觀》本。

7. 《澠水燕談錄》，【宋】王辟之撰，中華書局 1981 年版。

8. 《梅溪集》，【宋】王十朋撰，文淵閣四庫全書本。

N

1. 《南渡詞人群體研究》，王兆鵬著，臺北文津出版社 1992 年 3 月版。

2. 《南澗甲乙稿》，【宋】韓元吉撰，上海古籍出版社 1987 年四庫全書影印本。

3. 《南宋文人與黨爭》，沈松勤著，人民文學出版社 2005 年 3 月版。

4. 《能改齋漫錄》，【宋】吳曾撰，上海古籍出版社 1980 年 11 月版。

5. 《廿二史箚記校正》，【清】趙翼撰，王樹民校正，中華書局 1984 年版。

6. 《南村輟耕錄》，【元】陶宗儀撰，筆記小說大觀本。

7. 《南宋詞史》，陶爾夫、劉敬圻著，黑龍江人民出版社 1992 年版。

8. 《南宋遺民詩人群體研究》，方勇著，人民出版社 2000 年版。

9. 《南史》，【唐】李延壽撰，中華書局 1976 年版。

O

1. 《歐陽修全集》，【宋】歐陽修撰，李逸安點校，中華書局 2001 年 3 月版。

2. 《歐陽修資料彙編》，洪本健編，中華書局 1995 年版。

P

1. 《評本朝樂章》，【宋】晁補之撰，文淵閣四庫全書本。

2. 《佩韋齋集》，【宋】俞德鄰撰，文淵閣四庫全書本。

3. 《曝書亭集》，【清】朱彝尊撰，文淵閣四庫全書本。

Q

1. 《秦觀集編年校注》，【宋】秦觀撰，周義敢等編校，人民文學出版社 2001 年版。

2. 《秦少游年譜長編》，徐培均著，中華書局 2002 年版。

3. 《清眞集校注》，【宋】周邦彥撰，孫虹校注，中華書局 2002 年版。

4. 《全上古三代秦漢三國六朝文》，【清】嚴可均輯，中華書局 1958 年 12 月版。

5. 《全宋詞》，唐圭璋編，中華書局 1965 年版。

6. 《全宋文》，【清】嚴可均輯，曾棗莊、劉琳主編，巴蜀書社點校本。

7. 《全宋文》，曾棗莊、劉琳編四川大學估計研究所 1990 年版。

8. 《全唐文》，【清】董誥編，中華書局，1983 年版。

9. 《全唐五代詞》，曾昭岷、曹濟平、王兆鵬、劉尊明編，中華書局 1999 年版。

10. 《齊東野語》，【宋】周密撰，商務印書館 1939 年版。

11. 《清波雜志》，【宋】周煇撰，宋元筆記小說大觀本。

12. 《清容居士集》，【元】袁桷撰，文淵閣四庫全書本。

13. 《且介齋論詞雜著》，【清】周濟撰，詞話叢編本。

R

1. 《人間詞話》，王國維著，上海古籍出版社，1998 年 12 月版。

S

1. 《山谷老人刀筆》，【宋】黃庭堅撰，北京圖書館古籍珍本叢刊，書目文獻出版社出版。

2. 《山海經校譯》，袁珂校譯，上海古籍出版社 1985 年 9 月版。

3. 《史記》，【漢】司馬遷撰，中華書局 1959 年版。

4. 《世說新語校箋》，（南朝宋）劉義慶撰，徐震堮校箋，中華書局 1984 年版。

5. 《四庫全書總目》，【清】永瑢等，中華書局 1965 年版。

6. 《說郛》，上海古籍出版社 1987 年影印四庫全書本。

7. 《宋朝事實類苑》，【宋】江少虞撰，上海古籍出版社 1981 年版。

8. 《宋詞舉（外三種）》，陳匪石著，江蘇古籍出版社 2002 年 4 月版。

9. 《宋詞選》，胡雲翼著，上海古籍出版社 1982 年版。

10. 《宋代詞學資料彙編》，張惠民編，汕頭大學出版社 1993 年版。

11. 《宋會要輯稿》，【清】徐松輯，中華書局 1957 年版。

12. 《宋六十一家詞》，【明】毛晉編，上海商務印書館 1933 年版。

13. 《宋名臣言行錄》，【宋】朱熹撰，上海古籍出版社 1987 年影印四庫全書本。

14. 《宋人年譜叢刊》，吳洪澤、尹波主編，四川大學出版社，2003。

15. 《宋詩話全編》，吳文治主編，江蘇古籍出版社 1998 年 12 月版。

16. 《宋詩紀事》，【清】厲鶚編，上海古籍出版社 1983 年版。

17. 《宋史》，【元】脫脫，中華書局，1975 年版。

18. 《宋史紀事本末》，【明】陳邦瞻撰，中華書局 1977 年 5 月版。

19. 《宋詩選注》，錢鍾書著，人民文學出版社 1953 年版。

20. 《説文解字注》，許慎撰，段玉裁注，上海古籍出版社 1988 年版。

21. 《四書章句集注》【宋】朱熹集注，中華書局 1983 年版。

22. 《蘇軾文集》，孔凡禮點校，中華書局 1986 年版。

23. 《蘇軾詩集》，【清】王文誥集注，孔凡禮點校，中華書局 1982 年版。

24. 《蘇軾詞編年校注》，鄒同慶、王宗堂校注，中華書局 2002 年版。

25. 《蘇轍集》，【宋】蘇轍撰，高秀芳等點校，中華書局 1990 年版。

26. 《山中白雲詞》，【宋】張炎撰，吳則虞校輯，中華書局 1983 年版。

27. 《山谷集》，【宋】黃庭堅撰，文淵閣四庫全書本。

28. 《涑水紀聞》，【宋】司馬光撰，中華書局 1997 年版。

29. 《宋名臣言行錄》，【宋】李幼武纂集，文淵閣四庫全書本。

30. 《石林詩話》，【宋】葉夢得著，何文煥《歷代詩話》本。

31. 《四朝聞見錄》，【宋】葉紹翁撰，中華書局 1989 年版。

32. 《詩人玉屑》，【宋】魏慶之編，文淵閣四庫全書本。

33. 《石屏集》，【宋】戴復古撰，文淵閣四庫全書本。

34. 《宋史全文》，文淵閣四庫全書本。

35. 《詩源辨體》，許學夷撰，人民文學出版社 1987 年版。

36. 《剡源文集》，【元】戴表元撰，文淵閣四庫全書本。

37. 《宋六十名家詞》，汲古閣本。

38. 《四庫全書總目提要》，紀昀等撰，四庫全書研究所整理，中華書局 1997 年版。

39. 《宋元筆記小説大觀》，上海古籍出版社 2001 年版。

40. 《宋史》【元】脱脱等撰，中華書局 1977 年版。

41. 《宋四家詞選目錄序論》，【清】周濟撰，《詞話叢編》本。

42. 《宋遺民錄》，《叢書集成新編》本。

43. 《宋詞紀事》，唐圭璋輯錄，上海古籍出版社 1982 年版。

44. 《宋元筆記小説大觀》，上海古籍出版社 2001 年 12 月版。

45. 《宋元學案補遺》，【清】馮雲濠、王梓材撰，見張壽鏞輯《四明叢書》第 17 冊，揚州-廣陵書社 2006 年版。

46. 《宋詞文化與文學新視野》，沈家莊著，人民文學出版社，2001 年版。

47. 《蘇東坡軼事彙編》，顏中其編注，嶽麓書社 1984 年 5 月版。

48. 《蘇軾年譜》，孔凡禮編，中華書局 1998 年 2 月版。

49. 《蘇軾詩集》，【宋】蘇軾撰，【清】王文誥輯注，中華書局 1982 年 2 月版。

50. 《蘇軾研究》，王水照著，河北教育出版社 1999 年版。

51. 《蘇舜欽集編年校注》，【宋】蘇舜欽撰，傅平驤、胡問陶校注，巴蜀書社 1991 年 3 月版。

52. 《蘇文忠公詩編注集成總案》，【清】王文誥輯訂，巴蜀書社 1985 年 11 月版。

53. 《蘇轍集》，【宋】蘇轍撰，陳宏天、高秀芳校點，中華書局 1990 年 8 月版。

T

1. 《太平寰宇記》，【宋】樂史撰，上海古籍出版社 1987 年影印四庫全書本。

2. 《談藝錄》，錢鍾書著，中華書局 1984 年版。

3. 《唐宋詞風格論》，楊海明著，上海社會科學院出版社 1988 年 3 月版。

4. 《唐宋詞彙評·兩宋卷》，吳熊和主編，浙江教育出版社 2004 年 12 月版。

5. 《唐宋詞彙評·唐五代卷》，王兆鵬主編，浙江教育出版社 2004 年 12 月版。

6. 《唐宋詞集序跋彙編》，金啓華等編，江蘇教育出版社 1990 年 5 月版。

7. 《唐宋詞簡釋》，唐圭璋撰，上海古籍出版社 1981 年 7 月版。

8. 《唐宋詞論稿》，楊海明著，浙江古籍出版社 1988 年 5 月版。

9. 《唐宋詞美學》，楊海明著，江蘇教育出版社 1998 年版。

10. 《唐宋詞人年譜》，夏承燾著，上海古籍出版社 1979 年版。

11. 《唐宋詞社會文化學研究》，沈松勤著，浙江大學出版社 2004 年版。

12. 《唐宋詞史》，楊海明著，江蘇古籍出版社 1987 年 12 月版。

13. 《唐宋詞史論》，王兆鵬著，人民文學出版社 2000 年版。

14. 《唐宋詞通論》，吳熊和著，浙江古籍出版社 1989 年 3 月版。

15. 《唐宋詞與人生》，楊海明著，河北人民出版社 2002 年 5 月版。

16. 《唐宋詞與唐宋歌妓制度》，李劍亮著，浙江大學出版社 2006 年。

17. 《唐宋名家詞論稿》，葉嘉瑩著，河北教育出版社 1997 年 7 月版。

18. 《唐宋名家詞選》，龍榆生選編，上海古籍出版社 1980 年 2 月版。

19. 《唐宋士風與詞風研究——以白居易、蘇軾為中心》，張再林著，人民文學出版社 2005 年版。

20. 《唐五代筆記小說大觀》，上海古籍出版社 2000 年 3 月版。

21. 《唐五代詞史論稿》，劉尊明著，文化藝術出版社 2000 年 10 月版。

22. 《唐五代兩宋詞簡析》，劉永濟著，上海古籍出版社 1981 年版。

23. 《唐五代兩宋詞選釋》，俞陛雲著，上海古籍出版社 1985 年 9 月版。

24. 《苕溪漁隱叢話》（前後集），【宋】胡仔撰，見《筆記小說大觀》三十五編，臺北新興書局 1983 年 10 月版。

25. 《聽秋聲館詞話》，丁紹儀撰，《詞話叢編》本。

26. 《太平廣記》，【宋】李昉等編著，中華書局 1961 年版。

27. 《桯史》，【宋】岳珂撰，上海古籍出版社《宋元筆記小說大觀》本。

28. 《同治重修蘇州府志序》【清】馮桂芬纂，李銘皖、譚均培修，中國地方志集成江蘇府縣志輯蘇州府志，江蘇古籍出版社，1991 年版。

W

1. 《萬曆杭州府志》，【明】陳善等修《中國地方志叢書·杭州府志》明萬曆七年刊本，影印成文出版社，1983 年版。

2. 《王文公文集》，【宋】王安石撰，上海人民出版社，1974 年版。

3. 《魏慶之詞話》，【宋】魏慶之撰，《詞話叢編》本。

4. 《聞見後錄》，【宋】王鞏撰，文淵閣四庫全書本。

5. 《文忠集》，【宋】周必大撰，文淵閣四庫全書本。

6. 《王水照自選集》，王水照著，上海教育出版社 2000 年 5 月版。

7. 《溫國文正公文集》，【宋】司馬光撰，上海書店 1989 年影印四部叢刊初編本。

8. 《文獻通考》，【元】馬端臨撰，中華書局 1986 年版。

9. 《吳地記》，【唐】陸廣微，江蘇地方文獻叢書，1999 年 8 月版。

10. 《武林舊事》，【宋】周密撰，《東京夢華錄》（外四種），文化藝術出版社 1998 年版。

11. 《汪元量集校注》【宋】汪元量著、胡才甫校點，浙江古籍出版社 1999 年版。

12. 《吳地記》，【唐】陸廣微，江蘇古籍出版社，1999 年版。

13. 《吳郡圖經續記》，【宋】朱長文著，江蘇古籍出版社，1999 年版。

14. 《吳郡志》,【宋】范成大撰,江蘇古籍出版社,1999 年版。

15. 《武溪集》,【宋】余靖撰,上海古籍出版社 1987 年影印四庫全書本。

16. 《五代十國史研究》,鄭學檬著,上海人民出版社,1991 年版。

X

1. 《湘綺樓評詞》,【清】王闓運撰,《詞話叢編》本。

2. 《西圃詞說》,【清】田同之撰,《詞話叢編》本。

3. 《西湖遊覽志餘》,【明】田汝成撰,浙江人民出版社 1980 年版。

4. 《西湖遊覽志餘》,【明】田汝成撰,浙江人民出版社 1980 年版。

5. 《西洲在何處——江南文化的詩性敘事》,劉士林撰,東方出版社 2005 年版。

6. 《習學記言序目》,【宋】葉適撰,中華書局 1977 年版。

7. 《辛棄疾詞心探微》,劉揚忠著,齊魯書社 1990 年版。

8. 《辛棄疾年譜》,蔡義江、蔡國黃撰,齊魯書社 1987 年版。

9. 《辛棄疾年譜》,鄧廣銘撰,上海古籍出版社 1978 年版。

10. 《辛稼軒詩文箋注》,【宋】辛棄疾撰,鄧廣銘輯校審訂,辛更儒箋注,上海古籍出版社 1995 年版。

11. 《稼軒詞編年箋注》,【宋】辛棄疾撰,鄧廣銘箋注,上海古籍出版社 1993 年 10 月版。

12. 《辛棄疾資料彙編》,辛更儒編,中華書局 2005 年 10 月版。

13. 《新唐書》,【宋】歐陽修、宋祁撰,北京中華書局 1975 年版。

14. 《續資治通鑒》,【清】畢沅撰,中華書局 1957 年版。

15. 《續資治通鑒長編》,【宋】李燾撰,中華書局 1979 年版。

Y

1. 《宜州家乘》,【宋】黃庭堅撰,見《筆記小說大觀》二十二編,臺北新興書局 1978 年版。

2. 《豫章黃先生文集》,【宋】黃庭堅撰,上海書店 1989 年四部叢刊本。

3. 《於湖居士文集》,【宋】張孝祥撰,上海古籍出版社 1980 年 6 月版。

4. 《元祐詞壇研究》,彭國忠著,華東師範大學出版社 2002 年 11 月版。

5. 《樂全集》,【宋】張方平撰,沈斐輯,上海古籍出版社 1987 年四庫全書影印本。

6. 《韻語陽秋》,【宋】葛立方撰,上海古籍出版社 1984 年版。

Z

1. 《莊子集釋》，【清】郭慶藩撰、王孝魚點校，中華書局 2004 年版。

2. 《張耒集》，【宋】張耒撰，中華書局 1990 年版。

3. 《張載集》，【宋】張載著，中華書局 1987 年版。

4. 《醉翁談錄》，【宋】羅燁撰，《筆記小說大觀》本。

5. 《朱子語類》，【宋】黎靖德編，中華書局 1986 年版。

6. 《鄭思肖集》，【宋】鄭思肖著，上海古籍出版社 1991 年版。

7. 《渚山堂詞話》，【明】陳霆撰，《詞話叢編》本。

8. 《張孝祥年譜》，韓酉山著，安徽人民出版社 1993 年 10 月版。

9. 《張孝祥于胡先生年譜》，辛更儒著，(台灣)五南圖書出版公司 2003 年版。

10. 《張炎詞研究》，楊海明著，齊魯書社 1989 年版。

11. 《張元幹年譜》，王兆鵬著，南京出版社 1989 年 8 月版。

12. 《知稼翁集》，【宋】黃公度撰，上海古籍出版社 1987 年影印四庫全書本。

13. 《直齋書錄解題》，【宋】陳振孫撰，上海古籍出版社 1987 年 12 月版。

14. 《中國思想史》，葛兆光著，復旦大學出版社 2001 年 12 月版。

15. 《中國古代文學史》，郭紹虞主編，上海古籍出版社，1998 年版。

16. 《中國文學史》，袁行霈主編，高等教育出版社，1999 年版。

17. 《中國文化史》，柳詒徵著，上海古籍出版社 2001 年 10 月版。

18. 《中吳紀聞》，【宋】龔明之撰，上海古籍出版社 1986 年 10 月版。

19. 《宗白華全集》，林同華主編，第 2 卷，安徽教育出版社 1994 年版。

20. 《朱光潛美學論集》，朱光潛著，上海文藝出版社 198 年 2 月版。

21. 《朱子語類》，【宋】黎靖德編，王星賢點校，中華書局 1986 年 3 月版。

相關博士、碩士論文

博士論文

1. 《唐宋粵西地域文化與詩歌研究》，鍾乃元，廣西師範大學，2010 年。

2. 《宋南渡詞人群的地域性研究》，姚惠蘭，華東師範大學，2008 年。

3. 《宋詞與地域文化》，陳未鵬，蘇州大學，2008 年。

4. 《宋代兩京都市文化與文學研究》，劉方，上海師範大學，2008 年。

5. 《江南都市群文化研究》，李正愛，華東師範大學，2008 年。

6. 《唐代長安與文學》，魏景波，福建師範大學，2008 年。

7. 《宋代江南路文學研究》，王祥，復旦大學，2003 年。

8. 《宋詞與園林》，羅玉萍，蘇州大學，2006 年。

碩士論文

1. 《白居易的江南情結》，陳耀，浙江工業大學，2009 年。

2. 《以河洛爲背景的唐傳奇的地域文學特徵研究》，陸有富，内蒙古師範大學，2008 年。

3. 《地域文化與〈詩經〉邶、鄘、衛三風研究》，陳豔霞，曲阜師範大學，2008 年。

4. 《宋代西湖詞研究》，陶友珍，蘇州大學，2008 年。

5. 《北宋揚州文學研究》，鄭玲，廈門大學，2007 年。

6. 《論南宋都城臨安文人群體的交遊與唱和活動》，莊戰燕，浙江師範大學，2005 年。

7. 《柳永都市詞研究》，陳登平，上海師範大學，2004 年。

8. 《唐至北宋西湖詩歌研究》，杜雋，復旦大學，2003 年。

後　記

　　論文定稿的時候，已經是陽春三月之末。今年的春天來得有些晚，試探著，踟躕著，在忽冷忽熱的天氣中，姑蘇終於迎來了桃紅柳綠的季節。環校河邊的碧桃開始紅豔，黃蕿、金鐘黃得格外可愛，本該釋懷的心情卻依然無法輕鬆。回想歷時一年之久的論文之路，心中滿是沉甸甸的感激。

　　首先我要感謝我的恩師楊海明先生。二十一年求學路，能知遇恩師是上天恩賜。先生學識宏富、治學嚴謹，而又為人謙和、談吐風趣，課堂上往往妙語連珠。跟隨先生學習三年，我應該算是同門中少有的散漫學生，也幸運地得到先生更多指點。論文從定題、開題到動筆，一絲一毫都需要先生監督完成。在論文寫作過程中，先生針對我思維跳躍性強、不踏實的缺點，每一次交稿都叮囑我一定要拴住思想的韁繩。等論文基本定稿時，比照當初的提綱和如今的框架，不禁深深自責，即使先生如此這般的苦口婆心，論文依然沒有按照提綱進行。先生寬容大量，對於我每次粗枝大葉的行為從未批評。回想每次交稿，我拿去的都是半成品，格式不規範，注釋不標示，先生均一一指出標明。因為我的懶散，論文一直到寒假依然沒有收尾，先生更是時時關心，平時看書讀報，遇到和我論文相關的都會幫我保存。一篇論文，先生灌注的心血比我自己還要多，每念及此，都深感愧疚。希望自己能時時記住恩師關切的目光，在以後的人生歲月中不斷進步、向前。

　　忝列楊門實在是我的幸運。除了先生的無私教誨，更有同門師兄師姐無處不在的幫助。我的碩士導師曹志平女士是楊門優秀弟子，她幹練灑脫、自信上進，不論是行政還是學術，都為我作出了最好的榜樣。師兄陳國安，古道熱腸，頗有大俠之風，一直熱心幫我解決工作問題，讓我能安心完成論文。師兄薛玉坤，儒雅博學，論文寫作過程中，幫我梳理思路、尋找素材，論文的突破點幾乎都賴於師兄的指點，堪稱我的副導師。師哥王慧剛，嚴謹踏實，溫和可敬，因為接觸最多，也打擾最多。事無鉅細，都要求助於師哥。博一第二學期交作業，等我趕完已經是夜裏 11 點，師哥毫無怨言，頂風冒雨去文印室幫我打印。論文寫作中，更是隨時排憂解難。尤其是論文最後時刻，通宵幫我校對最繁瑣的文獻考證，看到標注出的 600 多條批註，心情又豈是感動可以形容？師妹小白，孕期依然幫我完成了很多校對工作，師姐張英、馬麗梅、許菊芳也是隨時詢問論文進展，對於我的要求，有求必應。身在楊門，才深深體會到什麼是良師諍友！我生性愚鈍，能有幸遇到這麼多知己朋友，援助於每時，這份感激，永遠難忘。

　　此外，還要感謝王英志、涂小馬老師在學習和論文寫作中的指點和幫助；同時，感謝宋慶久、夏秀麗、張金圈、彭文娟、張附小等眾多兄弟姐妹們的諸多幫助。最後，我要感謝我的父母和家人，永遠在背後給我最大的寬容和鼓勵；感謝我的男友，七年來甘苦與共，相濡以沫，毫無怨言。

　　背負如此多的感激，我要結束我的求學之路。也許前面的路途依然茫然，然而有你們，我將無畏前行。惟願我能盡快自立，報答師友親人的無盡恩情。

馬俊芬

2011 年 3 月於獨墅湖